KB263827

청소년의 사고를 키워주는

인문 고전 필사의 힘

초판 1쇄 발행 | 2025년 6월 16일
초판 4쇄 발행 | 2025년 12월 29일

지은이 | 최선경
펴낸이 | 박영욱
펴낸곳 | 깊은나무

주 소 | 서울시 마포구 월드컵로 14길 62 북오션빌딩
이메일 | bookocean@naver.com
네이버블로그 | blog.naver.com/bookocean_rabbit
페이스북 | facebook.com/bookocean.book
인스타그램1 | instagram.com/bookocean777
인스타그램2 | instagram.com/supr_lady_2008
X | x.com/b00k_0cean
틱톡 | www.tiktok.com/@book_ocean17
유튜브 | 쏠쏠TV·쏠쏠라이프TV
전　화 | 편집문의: 02-325-9172　　영업문의: 02-322-6709
팩　스 | 02-3143-3964

출판신고번호 | 제 2007-000197호

ISBN 979-11-91979-68-8 (43800)

인문 고전 필사의 힘

청소년의 사고를 키워주는

최선경 지음

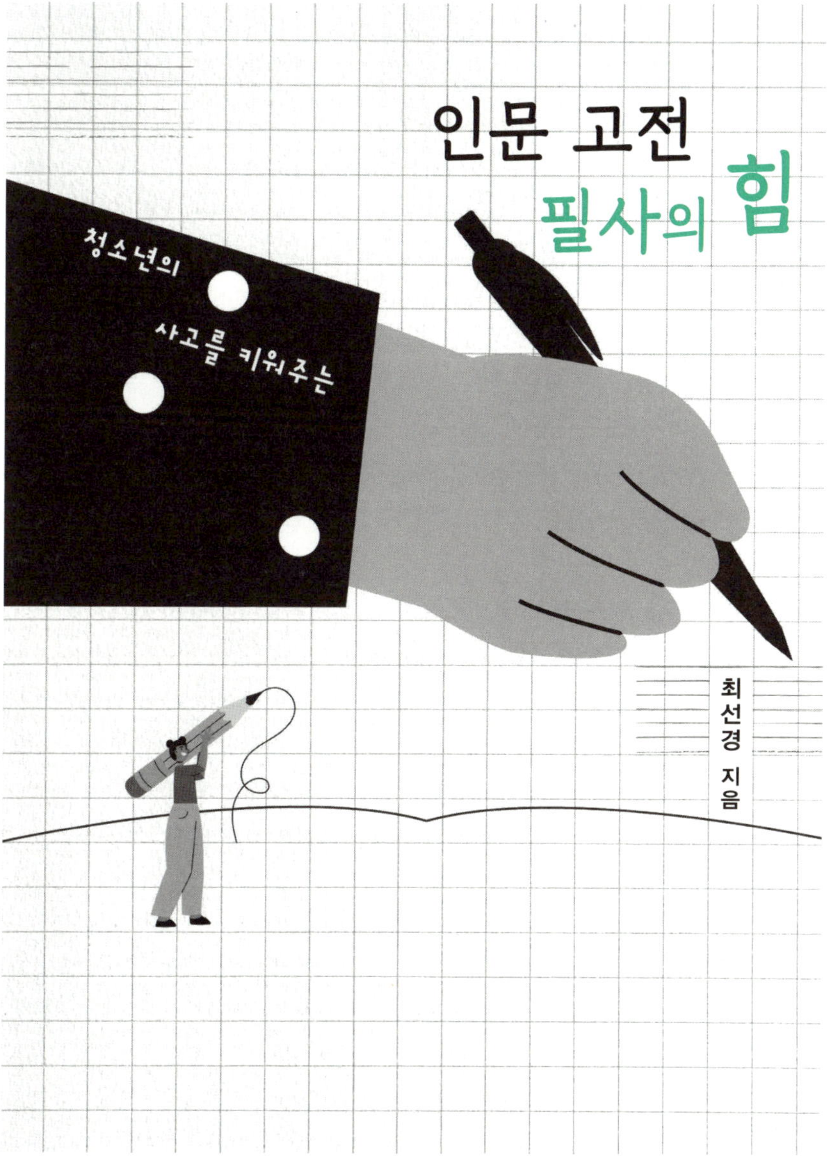

　사람을 사람답게 만드는 도우미가 있습니다. 아마도 인류가 간직해온 가장 소중한 유산일 것입니다. 그것은 파란만장한 인생을 경험한 한 사람이 자신의 피로 쓴 거룩한 글이 담긴 고전(古典)입니다. 그 작가는 그 누구도 가본 적이 없는 머나먼 길을 떠나 목숨이 위태한 경험을 한 후에, 자신의 깨달음을 적나라하게 그리고 감동적으로 기록합니다. 시공간을 초월하여 인간을 좀 더 자신답게 만드는 말없이 언제나 우리의 손길을 기다리는 친구입니다. 세상에는 두 종류의 인간 부류가 있습니다. 고전을 모르는 무식한 인간과 고전을 눈으로 읽고 손으로 쓰고, 그 깨달은 바를 마음에 새기는 각성한 인간입니다.

　그녀는 고전을 매일 필사하는 사람입니다. 마치 농부가 겨울 땅을 쟁기로 뒤엎고, 그 이랑에 씨를 뿌리는 것처럼, 그녀는 매일 아침 자신이 좋아하는 고전을 필사합니다. 여기 일생 아이들 마음속에 희망의 씨를 뿌려온 최선경 선생님께서 《청소년의 사고를 키워주는 인문 고전 필사의 힘》이란 책을 출간하셨습니다. 더 나은 자신이 되려는 사람들의 필수과정인 고전 필사의 방법을 친절하게 알려줍니다. 이 책을 접한 독자들이 고전 필사라는 최고의 습관을 자신에게 선물하면 좋겠습니다.

－ 배철현(작가, 고전문헌학자)

4

이 책은 학생들을 깊이 사랑하는 한 교사가 교실 현장에서 학생들과 부딪히며 얻은 치열한 고민과 따뜻한 실천의 기록입니다. 인성과 문해력, 두 축이 동시에 흔들리는 오늘날의 교육 현실 속에서, 이 책의 저자인 최선경 선생님은 인문 고전이라는 깊은 샘에서 해답을 찾았습니다. 이 책은 단지 많이 읽는 것이 아니라, 한 문장 한 문장을 천천히 따라 쓰고 그 의미를 곱씹으며 사유하는 과정을 통해, 학생들의 자아존중감, 공감 능력, 그리고 사고력이 조금씩 조금씩 자라날 수 있음을 섬세하게 보여줍니다.

이 책의 가장 큰 장점은 인문 고전을 '읽는 것'에서 그치지 않고, '읽고, 쓰고, 생각하며 실천하는 것'으로 확장시켰다는 점입니다. 고전은 시대를 초월한 인간 이해의 보물창고이며, 저자는 그 보물을 어떻게 일상 속에서 아이들과 나눌 수 있을지 구체적인 방법을 제시합니다. 실제로 전 학년 학생들과 함께 고전 10권을 완독하고, 그 경험을 《고전 텐미닛》이라는 책으로 엮어낸 경험을 통해, 저자의 바람이 이상이 아닌 실천가능한 목표가 될 수 있음을 알 수 있습니다.

저자는 고전 읽기의 필요성만을 강조하지 않습니다. 하루 10분 독서 실천법, 교실에서의 함께 읽기, 필사를 통한 문해력 강화, 사고력을 자극하는 질문법 등 교사와 학부모, 학생 모두가 당장 실천할 수 있는 구체적이고 따뜻한 안내를 제공합니다. 《빨강 머리 앤》에서 《모비딕》까지 11권의 고전을 중심으로 구성된 필사 예시는 초보자부터 심화 학습을 원하는 이들까지 폭넓게 아우르며, 누구나 삶과 글쓰기의 힘을 기를 수 있도록 도와줍니다.

이 책은 단지 중학교 교육에 국한된 책이 아닙니다. 오늘을 사는 우리 모두에게 '함께 읽고, 함께 생각하며, 함께 성장하는 교육'의 본질을 다시 일깨워줍니다. 특히, 인문 고전이라는 매개를 통해 성찰과 공감의 문화를 학교와 가정에 자연스럽게 심어줄 수 있는 훌륭한 길잡이라고 생각되어 진심을 다해 추천합니다. 이 책은 천천히 한 장 한 장 넘기며 삶의 깊이를 더하고 싶은 학생들뿐 아니라 교사와 부모 등, 이 책을 읽는 모든 이들에게 따뜻한 등불이 되어줄 것입니다.

– 이민규(아주대 심리학과 명예교수, 1% 행동심리학자)

고전은 무엇인가. 이탈로 칼비노는 고전을 '언제나 지금 읽어야 하는 책'이라 말했다. 읽을 때마다 새로운 빛을 발한다는 점에서도 그렇다. 바로 지금의 우리, 지금의 아이들에게 고전이 필요한 이유도 여기에 있다.

최선경 선생님의 《청소년의 사고를 키워주는 인문 고전 필사의 힘》은 고전이라는 먼 시간을 가장 가까운 일상으로 불러온다. 하루 10분 필사, 한 줄 질문, 나만의 생각을 덧붙이는 소박한 실천은 고전 읽기를 두려움이 아니라 친밀한 습관으로 변화시킨다. 슬로 리딩, 가장 느린 방식으로 읽는 이 책의 방식은 급박하게 흘러가는 시대에 필요한 가장 단단한 저항이다. 천천히 손끝으로 고전을 옮겨 쓰고, 마음으로 나만의 문장으로 새겨보는 이 과정에서 청소년들은 자신만의 속도로 세계와의 대화를 시작한다.

고전은 특정 언어와 지역을 넘어, 새로운 독자와 만날 때 비로소 살아난다. 이 책은 바로 그 생명력을 교실과 가정이라는 가장 현실적이고 구체적인 공간에서 되살려낸다. 고전을 읽고 쓰며 낯선 질문을 발견하고, 그 질문은 다시 자신과 세계를 잇는 다리가 되어 자기만의 길을 열어간다.

나는 이 책을, 책 읽기를 어렵게 느끼는 청소년뿐 아니라, 고전을 어떻게 읽고 나눠야 할지 막막해하는 교사와 부모, 독서지도자들에게도 권하고 싶다. 일상에서 함께 읽고 쓰며 자신만의 속도로 세계를 읽어내는 '생활의 고전'으로, 이 책은 모두에게 좋은 동반자가 되어줄 것이다.

때로 가장 단순한 도구가 가장 넓은 세계로 이끈다. 필사라는 단순한 리추얼을 반복할 때 청소년들은 차분히 자신의 내면을 세우고 스스로 더 큰 세계로 나아가는 힘을 키워간다. 고전을 필사하며 청소년들이 스스로 읽고 쓰고 질문하는 사람이 되어가는 과정을 지켜보는 일, 그것이야말로 교육이 우리에게 건네는 가장 깊고 다정한 기쁨이 아닐까.

《청소년의 사고를 키워주는 인문 고전 필사의 힘》이 더 많은 교실과 더 많은 청소년들, 그들을 이끄는 어른들의 손에 닿기를 바라며, 그 작은 손끝에서 세계와 나를 잇는 가장 아름다운 문장이 시작되기를 응원한다. 오래도록 교실과 삶의 현장에서 청소년 고전 교육을 꾸준히 이끌어온 최선경 선생님의 조용하고 단단한 실천에 깊은 존경을 보낸다.

– 한주은(트리비움 고전교육 전문가, 생각학교 ASK 기획자, 교수)

　학창시절 나에게 무슨 책을 읽고 있느냐고 묻는 어른이 계셨다. 공부 열심히 하느냐는 질문이 아니라 무슨 책을 읽고 있느냐는 물음을. 그리고 내게 책을 선물하거나 빌려주셨다. 몽테뉴의 《수상록》, 헤르만 헤세의 《수레바퀴 아래서》, 괴테의 《파우스트》 등 주로 고전을 권하실 때가 많았다.

　그때 물어보았다. 왜 고전을 읽어야 하느냐고. 공사장에서 일을 하시면서도 늘 책을 손에서 놓지 않으셨던 그분은 내게 고전은 보약과 같은 것이라고 했다. 왜 수백 년 동안 수많은 나라 사람들이 좋은 책이라고 후손들에게 전해주었겠느냐고. 아마도 많은 이들의 마음을 울리고 더 나은 사람이 되도록 이끌어주어서가 아니겠느냐고 말씀하셨다.

　많은 아이들이 책을 읽지 않는다. 아니다. 많은 어른들이 책을 읽지 않는다. 그들에게 책이 닿으려면 자각이 필요하다. 스스로 책을 가까이 하고 자신의 돈을 책을 사는 데 지출해야 한다. 돈만이 아니다. 시간도 내야 한다. 때로는 골치가 아프기도 하다. 어렵고 두꺼운 책일수록 고통스럽지만 고통 끝에 낙이 온다는 걸 알면서도 참지 못하고 포기한다. 좋은 언어가, 좋은 철학이 이렇게 인간의 곁에서 멀어지고 있다.

　문자보다 영상을 선호하는 사회에서 문해력이 낮아지는 건 당연지사라 할 수 있다. 문해력이 낮아질수록 의사소통에 어려움이 생길 가능성이 높아지고, 의사소통에 어려움이 생길수록 오해와 갈등 그리고 반목이 생길 위험이 커진다. 최선경 선생님의 고민은 바로 이 지점에서 출발해 인문 고전 필사에서 해답을 찾은 것으로 생각한다. 질문은 생각의 방향을, 언어는 사고의 영역을 결정한다. 좋은 저자는 독자에게 좋은 질문을 던지고, 좋은 책은 읽는 이에게 좋은 생각을 전해준다. 양서는 인간의 영혼을 살찌우고, 악서는 사람의 마음을 파괴한다는 서양 속담은 그래서 타당하다.

아이들 곁에 어른이 없다. 세계 최고의 노동시간을 자랑하는 만큼 가족과 함께 식사할 시간이 없다. 학교폭력실태조사 응답률을 높이는 일에는 관심이 많으면서 고민을 털어놓을 친구가 얼마나 되는지를 묻는 질문에는 무관심한 사회에서 아이들은 친구를 만들지 못한다. 이웃 간 인사는커녕 싸우지만 않아도 다행인 세상에서 보고 배울 어른을 찾기란 하늘의 별 따기다. 《청소년의 사고를 키워주는 인문 고전 필사의 힘》은 보약과 같은 고전을 선별해 좋은 언어를 들려준다. 고전이 던지는 좋은 질문을 전해준다. 오래도록 많은 이들의 마음을 풍요롭게 만들어준 고전의 언어와 질문을 전하는 이 책이 우리 아이들의 외로운 삶을 따뜻하게 위로해줄 뿐만 아니라, 서로의 마음을 이해하는 데 큰 도움을 줄 것으로 믿어 의심치 않는다.

– 천경호(실천교육교사모임 회장)

20년간 교단에서 수많은 학생들을 마주하며 깨달은 가장 중요한 교육적 통찰은, 진정한 배움은 단순 지식 전달이 아닌 학생들의 내면에서 일어나는 '의미 있는 경험'에서 비롯된다는 것입니다. 최선경 선생님의 《청소년의 사고를 키워주는 인문 고전 필사의 힘》은 바로 이러한 교육적 가치를 구현한 결실입니다.

파울로 프레이리가 "교육은 세계를 읽고 자신을 읽는 과정"이라고 말했듯이,

이 책은 단순히 글자를 필사하는 행위를 넘어 청소년들이 인문 고전을 통해 세상과 자신을 깊이 있게 이해하도록 돕습니다. 특히 10분이라는 짧은 시간을 활용한 '하루 10분 독서 실천법 10가지'는 바쁜 현대 사회에서 학생들이 꾸준히 실천할 수 있는 현실적인 방법을 제시합니다.

문해력 저하와 관계 형성 문제가 심각한 요즘, 이 책은 필사라는 고전적 방법을 통해 학생들의 언어적 능력을 향상시킬 뿐만 아니라, 자아존중감과 공감 능력을 키우는 소중한 길잡이가 될 것입니다. 책 속에 담긴 질문들은 학생들의 사고력을 확장시키며, 함께 읽기의 즐거움은 학교 공동체 문화를 긍정적으로 변화시킬 것입니다.

학생들이 이 책을 통해 고전 읽기의 깊은 기쁨과 필사의 묘미를 경험하기를 진심으로 기대합니다.

– 이준권((사)교사크리에이터협회 회장)

"나는 술 대신 철학 고전에 취하겠다." 알베르트 아인슈타인의 말입니다.

《다산의 마지막 공부》, 《월든》, 《소크라테스의 변명》과 같은 책은 세계적인 프로게이머 페이커가 추천한 책입니다.

고전과 전혀 관계 없을 것 같은 과학자와 프로게이머는 고전에서 인생의 답을 찾고 고전 읽기를 통해 발명과 발견, 새로운 꿈을 찾아 나갔습니다. 미국의 삼류 대학이었던 시카고 대학은 인문 고전 읽기 운동인 시카고 플랜을 성공시키며 세계 최고의 대학이 되었습니다.

교편을 잡은 지 20년이 넘으며 깨달은 것은 작은 실천이 모여 얼마나 큰 성장을 이루어낼 수 있는지, 겉핥기식의 공부가 아닌 기본과 바탕이 되는 공부가 얼마나 중요한지였습니다. 단단한 바탕이 있는 아이는 튼튼한 집을 짓고 튼튼한 뿌리를 내립니다. 고전 읽기는 우리 아이들에게 '단단한' 바탕을 주기에 가장 적절한 도구라고 생각합니다. 이 책은 그런 의미에서 단순한 지식 전달이 아닌 삶을 통째로 변화시킬 수 있는 진짜 공부를 안내합니다. 고전을 읽고, 곱씹고, 손으로 써보는 과정 속에서 아이들은 사고의 힘을 기르고 자기 삶을 돌아보게 됩니다. 최선경 선생님께서 오랜 시간 쌓아온 교육 철학과 실천이 고스란히 녹아 있는 이 책을 통해 청소년들이 고전을 조금 더 가깝게 느끼고, 자기만의 삶의 중심을 세워가길 바랍니다. 읽는 이의 마음을 단단히 붙잡을 진심 어린 이 책을 모든 청소년과 학부모, 교사들에게 자신 있게 추천합니다.

– 윤지선(전국교사작가협회 〈책쓰샘〉 대표)

2022년, 제가 중학교 1학년이었을 때, 최선경 선생님은 저의 담임 선생님이셨습니다. 당시에 선생님께서는 저희들에게 인문 고전 읽기 과제를 내주셨는데요, 빠른 패턴의 영상미디어에 길들여진 저희에게 인문 고전 읽기는 매우 큰 과제였습니다. 처음에는 약간 부담스러운 과제로 시작했지만 시간이 지날수록 인문 고전 읽기는 저에게 큰 변화를 가져다주었습니다. 다양한 작품을 읽으면서 독해력을 비롯해서 생각하는 힘이 길러졌고, 독서일지를 작성하면서 자기주도성과 문장력도 동시에 기를 수 있었습니다. 동시에 고전 읽기를 통해 삶의 지혜와 교훈까지 얻을 수 있었는데요, 이렇듯 인문 고전 읽기는 저에게 여러 가지 큰 가르침을 주었습니다. 그와 더불어 국어 공부에도 아주 큰 도움이 되었습니다.

이번에 선생님께서 《청소년의 사고를 키워주는 인문 고전 필사의 힘》을 출간하셨는데요, 저는 이 책이 두 가지 측면에서 매우 의미가 있는 책이라고 생각합니다.

첫 번째는 많은 숙제와 학원 공부 등으로 인해 시간이 부족한 청소년들의 입장에서 일부러 시간을 내어서 인문 고전을 읽는 것이 생각처럼 쉽지는 않은데, 이 책에서 제시한 것처럼 필사를 시작으로 해서 단계적으로 질문에 답하면서 자신의 생각을 정리하다 보면 제가 중학생 시절에 인문 고전 읽기를 통해 얻을 수 있었던 여러 가지 이점들을 짧은 시간에 얻을 수 있으리라 생각합니다. 더욱 이 책에서 제시하고 있는 여러 질문들은 그 작품의 이해에 도움이 되는 것임은 물론이고, 더 나아가 책을 읽는 청소년들의 삶에도 좋은 생각거리를 주는 의미 있는 조합으로 구성되어 있어서 매일 조금씩만 시간을 내어 이 책을 읽어나가다 보면 마지막 작품의 필사를 마칠 때쯤에는 이전보다 훨씬 발전된 자신을 발견할 수 있을 것입니다.

두 번째는 이 책을 읽는 청소년들은 주요 문장 필사를 통해서 글 쓰기에 대한 두려움을 조금씩 극복해나갈 수 있고, 더 나아가 자신의 문장력도 향상시킬 수 있다는 것입니다. 새로운 입시제도하에서는 문해력, 즉 글을 읽고 이해하는 능력뿐만 아니라 쓰기 능력도 매우 중요한데요, 특히 서술형 문제를 풀 때 이 쓰기 능력의 높고 낮음은 답안지 작성에서 아주 큰 차이를 만들어냅니다. 다른 능력들도 마찬가지이지만 쓰기 능력은 직접 써봐야 향상되는데요, 이 책에서 제시하는 생각거리들을 꾸준히 써나간다면 쓰기 능력, 즉 문장력의 향상은 분명히 따라올 것이라 생각합니다.

제가 고등학생이 된 지 이제 3개월이 조금 지났는데요, 바쁜 학교 생활 속에서 가끔씩 중학교 시절이 생각나곤 합니다. 그 시절에 선생님, 친구들과 함께했던 추억들이 지금 제 기억 속 한켠에 자리잡고 있는데요, 그 중에서 다양하고 많은 책을 읽었던 시간들은 지금 생각해봐도 정말 아름다운 추억으로 남아 있습니다. 이 책을 읽는 여러분들은 다양한 작품들을 필사하면서 많은 생각을 하실 것이고, 그런 과정에서 앞서 말씀드린 것처럼 책 읽기를 통해 얻을 수 있는 많은 장점 이외에도 여러분들에게 좋은 추억거리 또한 선물해줄 것입니다.

《청소년의 사고를 키워주는 인문 고전 필사의 힘》을 통한 좋은 추억 만들기, 여러분들도 함께 동참해보세요.

– 박시현(고등학교 1학년 학생)

인문 고전 읽기에 대한 필자의 실천 의지는 현장에서 맞닥뜨리는 문제의식과 질문에서 시작되었다. 매일 마주하는 아이들의 모습 속에서 인성 교육과 문해력 교육의 필요성을 절실하게 느끼고 있다.

"선생님 이거 학교폭력 아니에요?" 사소한 말다툼까지 학교폭력 사안으로 보는 학생들이 적지 않다. "저 친구가 맨날 저한테 시비 걸어요. 저한테만 맨날 그래요. 예전부터 계속 그랬어요." 이런 이야기를 자주 듣는다. 중학교 1학년의 경우 초등학교 때부터 서로 감정의 골이 깊은 상태가 중학교까지 이어지는 경우가 많다. 한번 나빠진 관계는 개선될 수 없는 것일까? 관계 개선을 위해서는 타인을 배려하고 존중하는 마음이 당연히 필요하지만, 먼저 학생들 각자 자아존중감이 높아져야 한다고 생각한다. 자신이 먼저 단단해져야 다른 사람을 이해할 마음의 여유도 생기는 것이다. 그렇다면 자아존중감은 어떻게 높일 수 있을까? 타인에 대한 배려는 말로만 되는 것이 아니라 진정한 공감이 바탕이 되었을 때 가능하다. 자신에 대한 공감이 먼저이기도 하다. 이런 공감 능력을 어떻게 이끌어낼 수 있을까?

"선생님~ '피상적인'이 무슨 뜻이에요?"

'superficial'이라는 단어를 영어사전에서 찾고도 그 뜻이 무엇인지 모르는 학생.

"선생님~ 월드컵과 올림픽 차이가 뭐예요?"

아이고, 월드컵과 올림픽의 차이를 진짜 모른단 말인가!

"선생님~ '윗글의 필자의 심정으로 알맞은 것은?' 여기서 필자가 누구예요?"

단원평가 문제를 풀다 말고, '필자'가 등장인물이라도 되는 것처럼 질문을 하는 아이.

그냥 어이없이 웃어넘기기에는 정말 슬픈 현실이다. 영어 수업 중에 영어 실력이 문제가 아니라 우리말을 읽고도 제대로 뜻이 파악이 안 되는 학생들을 보면 어디서부터 손을 대야 할지 난감할 때가 많다.

'교과서를 읽지 못하는 아이들' 이런 현상이 왜 일어날까? 어떻게 해결할 수 있을까? 문해력 저하가 결국은 관계 문제로까지 이어지는 것을 목격한다. 반대로 관계 문제에서 문해력 저하가 시작되었을 수도 있다고 생각한다. 이해력이 떨어지면 감정적으로 해결하려고 하고 외부와 단절되다 보면 극단으로 치닫게 된다. 이해력이 떨어지면 문제해결력도 떨어지게 되는 것이다. 문해력 문제를 다룰 때 지적인 측면에서만 바라볼 것이 아니라 정서적인 면도 감안을 해야 한다는 생각이 든다. 문해력은 단순히 책을 많이 읽는다고 해결되는 것은 아니다. 책을 읽고 생각하는 연습을 해야 한다. 책 중에서도 필자는 인문 고전을 추천하고 싶다.

학생들이 인문 고전에 좀 더 쉽게 다가가도록 함과 동시에 사고력도 키울 수 있도록 인문 고전 속에서 몇 구절을 뽑아 필사할 수 있는 책을 구상해 보았다. 인문 고전에 대한 배경지식을 높일 뿐만 아니라 학생들의 문해력 향상에 초점을 두고 비록 짧은 글이지만 학생들의 생각을 끌어낼 수 있는 질문을 수록하였다. 초보 수준의 학생들은 필사만, 사고력과 글쓰기 실력을 높이고 싶은 학생들은 자기 생각까지 적어보도록 구성하였다.

2022년 학년 전체 학생들과 인문 고전 10권을 읽고 《고전 텐미닛》이라는 책을 출간했다. 필자는 의지를 가지고 실천했지만 한 학생이 몇 개월 내에 10권의 인문 고전을 읽는다는 것이 쉽지는 않았을 것이다. 책을 완독하기 힘들어 하는 학생들의 경우 하루 10분만 할애하여 좋은 글귀를 필사하는 것만으로도 의미가 있다고 생각한다. 학생들이 문학 작품을 접하고 문장 속에 담긴 의미를

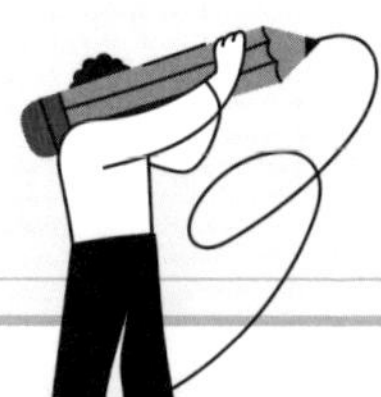

곱씹어 보면서 생각의 크기를 키워 원만하고 폭넓은 인간관계를 만들어 나가길 바란다. 학급 활동으로 또 학교 전체에서 아침 자습 시간 등을 활용해서 학생들이 차분하게 필사를 통해 성찰하는 역량을 기르는 데도 쓰임이 있기를 바란다. 선생님이나 부모님이 함께하면 더 좋겠다. 최고의 교육은 솔선수범이라고 믿는다.

이 책이 학교에서 인문 고전 읽기를 퍼뜨리는 하나의 계기가 되었으면 하는 바람이다. 문해력 교육, 독서 교육, 인성 교육은 비단 특정 과목과 특정 활동에서만 이루어질 수 있는 것이 아님을 강조하고 싶다. 교사의, 학생들의 일상생활 속에 인문 고전 읽기와 필사, 스스로 질문하고 답하는 성찰의 문화가 자리 잡기를 바란다.

저자 최선경

목 차

PART 1 ## 인문 고전의 힘

PART 2 ## 하루 10분 읽기의 힘

PART 3 ## 함께 읽기는 힘이 세다

PART 4 ## 필사의 힘

○ 인용문구들은 출처를 정확하게 밝히는 조건으로 출판사의 허락을 구한 책과
  분량으로 구성하였습니다.

인문 고전의 힘

인문 고전이란

　'인문(人文)'은 '인류의 문화'를 뜻한다. 고전(Classics)을 사전에서 찾아보면 다음과 같이 풀이되어 있다.

　옛날의 의식이나 법칙, 오랫동안 많은 사람에게 널리 읽히고 모범이 될 만한 문학이나 예술 작품

　김헌은 《인문학의 뿌리를 읽다》에서 다음과 같이 고전의 의미를 표현했다. "하나의 책을 고전이 되게 하는 것은 바로 역사 그 자체이다. 역사의 선택을 받은 텍스트가 고전이며, 그래서 고전은 역사의 산물이라 말한다. 고전의 생명력은 특정 시대의 문제들에 깃든 보편성을 통찰하는 힘에서 비롯되며, 역사의 매 순간에 새롭게 생겨나는 문제들에 대응하는 힘에서 확인된다."

　인문 고전(humanities classics)은 문학, 철학, 역사, 예술 등 인간 사상의 기초를 형성한 주요 작품들을 의미한다. 호메로스, 플라톤, 공자, 셰익스피어, 칸트 같은 위대한 사상가들이 남긴 작품들은 인간 존재, 도덕, 사회, 삶의 의미에 대한 근본적인 질문을 탐구한다. 이러한 작품들은 고대부터 현대까지의 다양한 시대와 문화에서 탄생하였으며, 인간의 본성, 가치, 윤리, 사회 구조, 지적 탐구 등 다

양한 주제를 다룬다. 인문 고전은 단순히 오래된 책이 아니라, 시대를 초월하여 계속해서 연구되고 논의되는 가치를 지닌다.

《리딩으로 리드하라》의 이지성 작가에 따르면, 인문 고전은 보통 문학, 역사, 철학 세 종류로 나뉜다. 문학 고전은 문학에 있어서 고전을 뜻하는데 우리나라의 《홍길동전》, 《전우치전》 등과 서양의 《일리아스》, 《오딧세이》, 존 밀턴의 《실락원》, 도스토예프스키와 톨스토이의 소설 등이 문학 고전이다. 철학 고전은 철학이라는 학문에 있어서 최고의 책을 말하는데, 우리나라 철학 고전으로는 다산 정약용, 율곡 이이나 퇴계 이황의 책이 대표적이라 할 수 있다. 중국 철학 고전으로는 《논어》, 《맹자》, 《장자》 등 우리가 들었던 책들이다. 서양 철학 고전은 플라톤, 아리스토텔레스, 데카르트 이런 사람들의 책들이다. 역사 고전은 우리나라의 《발해고》, 《삼국유사》, 《삼국사기》 등과, 중국의 사마천의 《사기》, 《자치통감》 등, 서양의 《타키투스의 연대기》 등의 책들을 꼽을 수 있다.

종합해보자면, 고전(古典)이란 오랫동안 많은 사람에게 널리 읽히고 모범이 될 만한 문학이나 예술 작품을 말하며, 시대가 바뀌어도 끊임없이 모방되고 재창조되며 후대 작품을 이해하는 데 도움을 주는 책을 말한다. 고전은 오랜 시간을 견디어낸 위대한 책이다. 그러므로 고전은 고전 그 자체로서도 충분히 가치가 높지만, 고전의 진짜 가치는 그 책을 읽는 이들의 사고의 확장에 있다고 하겠다. 고전에는 지식이나 정보뿐만 아니라 위대한 지혜와 통찰력이 담겨 있기 때문이다. 이 책에서는 주로 문학 고전에 초점을 맞춰 이야기를 전개해나가기로 한다.

왜 인문 고전인가

고전을 읽으면 뭐가 좋을까? '미래는 과거로부터 오는 것이다. 과거가 현재를 만들었고, 현재가 미래를 만들기 때문이다. 미래로 가는 길은 오래된 과거에 있다. 이것이 우리가 고전을 읽어야 하는 이유'라고 신영복 교수는 말한다.

《고전의 힘》의 저자들은 고전의 가치를 다음과 같이 설명한다. "고전의 힘은 답을 제시하는 것이 아니라, 끊임없이 질문을 만들어내는 것이다. 답은 시대와 환경에 따라 달라질 수 있지만 선각자들이 던진 최초의 질문에는 진리의 실마리가 숨어 있다. 그 질문으로부터 인간의 사유는 더 높은 곳을 향해 나아갔고, 또다시 새로운 질문을 만들어냈다."

《파우스트》 작품 속에서 파우스트의 제자 바그너는 '크나큰 즐거움이 되는 것은, 우리 자신 여러 시대의 정신 속으로 되돌아가서, 우리 이전에 현자들이 어떤 생각을 하였고, 우리가 그것을 얼마나 찬란하게 발전시켰나 관찰하는 것이다'라고 하면서 인문 고전의 가치를 언급했다.

고전을 통해 과거의 역사에서 현재와 미래를 살아갈 교훈을 얻고 질문을 통해 사고력을 높일 수 있다. 또한 사고의 확장, 지혜와 통찰력을 기를 수 있다. 주입식으로 지식을 넣기만 하는 교육이 아니라 학생들의 잠재력을 끄집어내는 교육을 강조하고 있는 지금 현시점에 꼭 필요한 교육의 하나가 고전 읽기라는 확신이 드는 지점이다. 필자는 2020년부터 인문 고전 독서토론 모임 연구원으로 활동하면서 인문 고전이 나 자신을 돌아보고 성찰하는 데 있어 강력한 도구임을 몸소 체험했다.

세계적인 괴테 전문가 전영애 교수는 다음과 같이 이야기한다.

문학을 읽는다는 것은 누군가의 옆에 그냥 다가가서 가만히 서는 일인 것 같아요. 그 마음을 알아주는 것이죠. 저 사람이 어디가 아프겠다… 그 마음을 안다는 건 어마어마한 감싸안음이에요. 저는 제가 할 수 있는 일들로 아프고 외로운 이들 곁에 가만히 서 있고 싶을 뿐이에요.

– 전영애 교수 인터뷰 내용 중

등장인물의 상황에 나를 대입해보면서 공감능력, 문제해결력을 기를 수 있을 뿐만 아니라 문학 작품을 읽는 자체로 우리의 아픔을 위로받기도 한다. 하물며 긴 세월 살아남은 인문 고전의 힘이야 말해서 무엇하랴.

인문 고전 읽기의 효과

　이런 필자의 확신을 뒷받침해주는 사례가 있다. 〈우리는 왜 대학에 가는가〉라는 다큐멘터리에 등장하는 세인트존스대학은 학과나 전공이 아예 없다. 커리큘럼이라고는 4년간 고전 100권 돌파가 전부다. 대학 4년간 고전 100권을 읽고 토론하는 것으로 교육과정을 구성한다. 강의와 수업 대신 100% 토론으로 교육한다. 토론과 글쓰기를 통해 학생 스스로 자신만의 공부법을 터득한다. 생각하는 방법, 토론 능력, 에세이 작성법을 배운다. 토론을 통해 대화의 질을 향상시키고 다양한 시야를 확보한다. 스스로 질문을 정하고 답을 찾으면서 자신만의 생각을 정리한다. 이런 공부가 진짜 공부가 아닐까? 세인트존스대학 신입생 중 고교 성적이 상위 10% 안에 들었던 사람은 10% 내외다. 아이비리그에는 상위 10% 출신이 100%에 가깝다. 명백하게 우등생들과 열등생들의 경쟁이다. 4년 후 변화가 일어난다. 세인트존스에서는 학자와 사상가들이 쏟아져 나온다. 아이비리그에서는 월급쟁이들이 쏟아져 나온다.

　미국의 시카고대학은 1890년에 석유 재벌 존 D. 록펠러의 기부금으로 설립된 연구 중심 사립대학이다. 지금은 출신 대학 수상자 수로는 세계에서 네 번째로 많은 89명이나 되는 노벨상 수상자들이 시카고대학에서 공부했거나 교수로 지낸 명문 대학으로 알려져 있지만 설립 초기에는 사실 이름 없는 사립대학에 불과했다고 한다. 시카고대학을 현재와 같은 세계적인 대학으로 성장시킨 힘은 1929년에 제5대 총장으로 취임한 로버트 허킨스가 추진한 '시카고 플랜'에서 나왔다. 허킨스의 시카고 플랜은 그 자신이 잘 알고 있던 '존 스튜어트 밀'식 독서법을 따른 것으로 '철학 고전을 비롯한 세계의 위대한 고전 100권을 달달 외울 정도로 읽지 않은 학생은 졸업을 시키지 않는다'는 내용이다. 처음에는 울며 겨자 먹기로 책을 읽어나가던 학생들은 100권의 책을 읽어나가면서 점차 고전 속에 담겨 있는 사고방식을 익히게 되었다. 또한 시카고대학의 성공에 자극을 받은 시카고 주 정부는 '그레이트 북스'라는 재단을 설립했다. 시카고 플랜이 대학생들을 대상으로 하고 있다면 '그레이트 북스'는 어린이부터 성인까지 모든 연령대를 대상으로 각자의 수준에 맞는 고전을 읽고 토론하게 하는 것이었다.

단, 총장은 학생들에게 그저 책을 읽을 것만을 명한 것이 아니라 다음과 같은 세 가지 과제를 주었다.

"첫째, 모델을 정하라 : 너에게 가장 알맞은 모델을 한 명 골라라."
"둘째, 영원불변한 가치를 발견하라 : 인생의 모토가 될 수 있는 가치를 발견하라."
"셋째, 발견한 가치에 대하여 꿈과 비전을 가져라."

또한 '존 스튜어트 밀'식 독서법은 다음의 네 단계를 따르고 있다.

1. 먼저 철학 고전 저자에 관해 쉽게 설명한 책을 읽는다.

2. 철학 고전을 통독한다. 이해가 잘 되지 않더라도 그냥 읽는다. 소리 내어 읽으면 더욱 좋다.

3. 정독을 한다. 이해가 되지 않는 부분을 만나면, 어느 정도 이해가 가능할 때까지 몇 번이고 되풀이해서 읽는다. 특히 이해가 잘 되지 않는 부분은 크게 소리 내어 읽을 것을 권면한다.

4. 노트에 중요 구문 위주로 필사를 하면서 통독한다. 필사는 철학 고전 독서의 핵심이라 할 수 있다. 필사를 통해 철학 고전 저자의 사고 능력을 조금이나마 내 것으로 만들 수 있기 때문이다. 그리고 필사를 하면, 몇 번이고 정독할 때도 이해 불가능하던 구절들이 순간에 이해될 수 있다.

– 출처: https://bucpa.tistory.com/55

멀리 미국의 사례뿐만이 아니라 필자 눈앞에서 인문 고전 읽기의 효과를 관찰한 적이 있다. 2022년 중학교 1학년 학생 대상으로 인문 고전 읽기를 진행했다. 몇몇 학생들이 밝힌 소감을 정리해본다.

배○○: 인문 고전 읽기와 필사를 하면서 내 행동이 다른 사람에게 피해를 줄 수도 있겠다는 생각을 했습니다. 책을 읽고 필사를 하다 보니 쓸데없는 소리를 하지 말아야겠다는 생각이 들었고 활동에 더 집중하게 되었어요.

박○○: 일단 책 한 권을 스스로의 힘으로 읽어내면서 독해력이 향상된 것 같습니다. 독서일지를 작성하고 선생님이 던진 질문에 답해보면서 자기 주도력이 길러진 것 같습니다. 고전을 읽으면서 옛 시대 상황에 대해서도 알 수 있었어요.

윤○○: 처음에는 고전 읽기가 지루하고 어려울 줄 알았는데 읽다 보니 책 내용이 재미있었고 독서일지 작성도 크게 어렵지 않고 유익했어요. 평소에 고전을 읽을 기회가 별로 없었는데 이번 활동을 통해서 지식도 쌓이고 생각도 깊어지는 것 같아서 앞으로도 이런 활동을 계속해보고 싶어요.

고○○: 등장인물이 처한 상황에 대한 해결책을 생각해보면서 내가 현실에서 그런 상황에 처한다면 어떻게 할지 생각해보는 계기가 되었고, 책에서 얻은 교훈을 현실에 잘 활용해야겠다는 생각을 하게 되었습니다.

김○○: 끊임없이 도전하는 등장인물이 참 대단하고 멋지다는 생각을 했고 인문 고전에서 주는 교훈을 실생활에 잘 적용해야겠다는 생각을 했습니다.

– 출처:《고전 텐미닛》, 담다(2023)

특히 학기 초, 반 친구들과 갈등 상황이 빈번했던 한 학생은 고전 읽기와 필사를 통해 자신을 돌아볼 수 있는 계기가 되었다는 소감을 밝혔다. 초등학교 때부터 친구들과 갈등이 많은 학생이었는데, 자신의 행동이 다른 사람에게 방해가 될 수도 있겠다는 것을 책을 통해 깨닫게 되었다고 한다. 실제로 학기 초에 비해 수업 집중도도 높아지고 갈등 상황도 현저히 줄어든 것으로 관찰되어, 인문 고전 읽기의 효과에 대한 희망을 보여주는 사례라 하겠다.

하루 10분
읽기의 힘

하루 1%만으로도
변화는 시작된다

　이민규 교수는《하루 1%, 변화의 시작》에서 다음과 같은 사실을 강조한다.

　왜 1%가 중요한가? 인간과 침팬지의 유전자는 99%가 동일하다. 차이는 겨우 1%에 불과하다. 하지만 그 1%의 작은 차이 때문에 침팬지는 인간과 완전히 다른 삶을 살게 된다. 변화에 실패한 사람과 성공한 사람의 차이도 마찬가지다. 거창한 차이가 아니라 1%의 작은 차이에 의해 변화의 성패가 결정되고 운명이 갈린다. 그 작은 1%를 바꿀 수만 있다면 변화와 혁신에 성공하고 인생을 바꿀 수 있다. 매일 하루 1%, 15분만 투자하자. 하루 1%만 잡아주면 나머지 99%는 저절로 달라진다. 우리의 몸은 시동만 걸어주면 저절로 작동되는 기계처럼 목표를 향해 스스로 움직인다. 하루 1%의 시도는 변화의 시작인 동시에 인생의 도미노 효과가 일어나는 시작점이 된다. 크게 바꾸고 싶은가? 그렇다면 작게 시도하라. Change Big? Try Small!

－《15일의 기적, 하루 1% 15일 프로젝트》, 이민규 지음

　하루에 10분, 15분 책 읽는다고 뭐가 크게 달라지겠냐고 생각할지 모르겠지만, 10~15분을 집중해서 읽으면 20쪽가량을 누구나 읽을 수 있다. 이렇게 한 시간 책을 읽으면 80~100쪽을 읽게 되고

낭비하는 조각 시간을 모두 모으면 하루 3시간까지도 책을 읽을 수 있다. 1년간 매일 10분 독서를 한다면 한 해 동안 적어도 12권 이상의 책을 읽을 수 있다. 독서력은 하나의 기술이라 연마할수록 조금씩 향상된다. 그렇다고 하루 3시간의 독서를 강요할 수는 없는 현실.

바쁜 현대인들은 차를 타고 이동하는 시간을 이용하거나 잠자기 전, 업무를 시작하기 전 잠깐이라도 짬을 내어 하루 15분, 아니 10분이라도 책 읽기에 투자한다면 분명 큰 변화가 있을 거라고 믿는다. 이는 일상생활에서도 쉽게 실천할 수 있는 습관으로, 이를 통해 지식과 경험을 쌓을 수 있을 뿐 아니라, 독서를 통해 스트레스 해소 효과도 높아지며, 숙면과 집중력 향상에도 도움이 된다.

2022년 중학교 1학년 학생들이 1년에 총 10권의 인문 고전을 읽었다. 집에서 과제로 읽어오거나 특정 수업 시간을 할애한 것이 아니라, 아침 자습 시간, 쉬는 시간, 점심시간 등 자투리 시간을 활용해 책을 읽도록 했다. 하루 10분 읽기의 효과는 이 책에서 소개하는 학생들의 사례뿐만 아니라 필자가 운영하고 있는 책 읽기 모임에서도 확인할 수 있었다. 하루 10분 독서 기록을 인증하고 매월 독서 토론하는 모임을 수년째 운영하고 있다. 모임에 참여하면서 독서 습관을 잡게 되고 하루 10분 짬을 내어 책을 읽다 보니 어느새 책 한 권을 완독하게 되어 기쁘다는 소감을 매번 듣고 있다. 이 모임을 통해 인문 고전을 접하고 인문 고전의 매력에 빠진 분들이 많다. 선생님들이 전하는 하루 10분 인문 고전 읽기의 힘은 아래 사이트에서 만나볼 수 있다.

하루 10분 독서 실천법 10가지

　필자는 주로 새벽 시간을 이용하여 10~15분은 꼭 책을 읽으려고 노력한다. 하루 10분을 내기 힘든 날은 하루 2쪽이라도 읽는다. 새벽에 일찍 일어나지 못한 날은 출퇴근길 지하철 안에서 종이책을 읽거나 오디오북을 듣기도 한다. 하루 10분 독서를 꾸준히 할 수 있는 방법을 몇 가지 정리해본다.

1. 특정 시간 설정

　하루 일과 중에 독서에만 10분을 할당한다. 아침, 점심시간 또는 취침 전일 수도 있다. 일관성이 중요하므로 매일 같은 시간을 지키도록 노력하라.

2. 독서 환경 조성

　방해받지 않고 집중할 수 있는 조용하고 편안한 공간을 찾는 것이 좋다. 이것은 집의 아늑한 구석, 공원 벤치 또는 자신이 선호하는 모든 장소가 될 수 있다.

3. 적절한 도서 선택

　독서 습관을 유지하는 데에는 책 선택이 매우 중요하다. 자신이 관심 있는 분야의 책이나, 쉽게 읽히는 소설 등을 선택하면 독서에 대한 흥미를 높일 수 있다. 처음 읽기 습관을 들일 때는 관심을 끄는 읽기 자료를 선택한다. 책, 신문, 잡지 또는 온라인 기사일 수도 있다.

4. 달성 가능한 목표 설정

하루 10분 독서라는 현실적인 목표부터 시작한다. 작은 목표를 설정하면 습관을 들이기가 더 쉬워지고 자신을 압도하는 것을 방지할 수 있다. 좀 더 편안해지면 점차 기간을 늘릴 수 있다. 매달 책 몇 권을 읽을 것인지, 어떤 책을 읽을 것인지 목표를 설정하면, 독서에 대한 책임감을 높일 수 있다.

5. 타이머 사용

읽기 시작 전에 10분 타이머를 설정한다. 이렇게 하면 집중하는 데 도움이 되고 전체 시간을 독서에 전념할 수 있다.

6. 메모 또는 강조하기

읽다가 흥미롭거나 중요한 정보를 발견하면 메모하거나 디지털 독서 앱을 사용하는 경우 강조 표시 기능을 사용한다. 자료에 대한 이러한 적극적인 참여는 이해력과 기억력을 향상시킬 수 있다.

7. 꾸준함 유지

아무리 바쁜 날에도 선택한 시간대를 고수하여 독서를 매일의 습관으로 만든다. 일관성은 습관을 형성하는 데 매우 중요하며 시간이 지남에 따라 10분은 일상의 자연스러운 일부가 된다. 10분 내기 힘든 날은 하루 2쪽이라도 읽는다는 심정으로 일단 책을 펼

치도록 한다. 2쪽이 20쪽이 되는 신기한 경험을 하게 될 것이다.

8. 독서 시간 점진적으로 늘리기

매일 10분씩 독서하는 것이 편안해지면 점차 독서 시간을 늘린다. 며칠마다 1분씩 추가하거나 매주 5분씩 늘릴 수 있다. 점진적인 접근 방식을 통해 압도당하지 않고 독서 시간을 늘릴 수 있다.

9. 독서 앱 이용하기

스마트폰에서 다운로드할 수 있는 독서 앱을 이용하면, 언제 어디서든 책을 읽을 수 있으며, 책의 북마크를 사용하여 읽은 내용을 기억하기도 쉽다. 이동시간을 이용해 오디오북을 듣는 것도 추천한다.

10. 함께 읽기

공언하기의 힘은 세다. 독서를 혼자 하기 힘들다면 인증 모임에 참여해볼 것을 권한다. 다른 참가자들에게 자극을 받아 인증을 하기 위해서라도 책을 읽게 되는 효과가 있다. 나아가 자신이 직접 모임을 운영한다면 책임감이 더해져 책 읽기에 더욱 집중할 수 있을 것이다.

PART 3

함께 읽기는 힘이 세다

학생들과 함께 인문 고전 읽기

3-1

2022년 중학교 1학년 233명을 대상으로 인문 고전 읽기를 실시했다. 필자가 처한 문제 상황을 해결해줄 실마리를 인문 고전 읽기에서 찾았기 때문이다. 학생들과의 인문 고전 읽기를 통해 다음과 같은 효과를 기대했다.

첫째, 스스로 책을 읽어냈다는 뿌듯함이 성취감을 느끼게 하고 자기 주도성이 향상될 것이다.

둘째, 등장인물의 갈등을 파악해보면서 공감 능력이 향상될 것이고 공감 능력이 향상된 만큼 관계도 개선될 것이다.

셋째, 지속적으로 책을 읽고 기록하는 습관을 들임으로써 성찰을 생활화하다 보면 문해력도 향상될 것이다.

넷째, 인문 고전 읽기를 통해 세상과 연결, 공감 능력 향상, 다양한 갈등 상황을 접해보면서 타인 이해, 다양한 해결책이 존재함을 깨닫게 됨으로써 창의적 사고력도 향상될 것이다.

학년말 설문 결과 실제로 학생들이 인문 고전 읽기를 통해 여러 역량이 길러졌다고 생각한다는 것을 알 수 있었다. 학생들이 책 한 권을 온전히 읽어냈다는 성취감뿐만 아니라, 학년 전체가 같은 책을 읽는 경험을 함으로써 친구들과의 대화 주제가 책에 관한 이야기가 되어 긍정적인 학년 분위기를 조성하는 데 도움이 되었다고 생각한다. 평소 문학작품이나 독서에 관심이 없었던 학생들도 학년 전체가 독서에 몰입하는 분위기 속에서 흥미를 가지고 참여하는 모습을 보였으며 독서를 통해 자기 주도력이 향상되었다고 소감을 밝힌 학생들이 많았다. 인문 고전 읽기를 국어 수업을 벗어난 학교 일과 중에 적용해봄으로써 인문 고전 읽기가 여러 형태로 학교 교육과정에 녹아들 수 있다는 가능성을 보게 되었다.

구체적으로 학생들이 남긴 설문 결과를 살펴보자.

Q. 인문 고전 읽기를 통해 어떤 역량이 길러졌다고 생각하나요?

- 여러 활동을 해보니 생각이 더 깊어졌다고 생각한다.
- 인문 고전에 대해 생각하며 내 생각에 따라 다양한 이야기들이 나와서 창의성이 길러졌다고 생각한다.
- 창의성이 길러진 것 같다. 왜냐하면 책을 읽으며 다음 내용을 상상하고, 내용이 이렇게 됐으면 어땠을까 하면서 책을 읽었기 때문이다.
- 인문 고전을 소개하는 영상을 보면서 창의성과 실행력이 길러진 것 같다. 이때까지 영상들을 보면서 정말 훌륭한 점들도 많았고 몰랐던 신기한 이야기들도 흥미진진해 인상 깊었다.
- 정보처리역량이 길러졌다고 생각한다. 인문 고전을 소개하는 영상을 보고 그 내용을 정리해서 적는 게 더 능숙해졌기 때문이다.
- 협력과 소통 능력이 길러졌다고 생각한다. 활동을 하면서 친구들과 소통하게 되고, 다 같이 책을 읽으니까 책 내용을 얘기하게 되었다.
- 책을 통해 문제해결력을 기르는 데 도움이 되었다고 생각한다.
- 스스로 책을 읽고 활동지를 썼기 때문에 자기주도성이 길러졌다

고 생각한다.
- 독서록 작성하기가 자기주도성을 기르는 데 도움이 되었다고 생각한다. 한 마디로 설명할 수 있게 깔끔해서 좋았다.

Q. 인문 고전을 읽기 전과 후에 변화와 성장이 있었다고 생각하나요? 있다면 어떤 점에서 성장했는지 적어주세요.
- 내 생각이 더 깊어졌다.
- 정보처리역량이 늘어난 것 같다.
- 책을 읽는 방법을 뭔가 깨달은 것 같다.
- 용감해졌다. 성장했다. 자기성찰을 할 수 있었다.
- 책이 완전 재미없다고 생각했었는데 조금은 재미있어졌다.
- 자신이 가지고 있는 정보를 쉽게 정리하는 능력이 길러졌다.
- 글을 쓸 때 창의성이 부족했는데 점점 창의성이 늘어났었던 것 같다.
- 원래는 책을 잘 읽지 않았는데 인문 고전을 읽고 나서 책에 관심이 생겼다.
- 인문 고전의 내용으로 자신에 대한 성찰을 할 수 있었고, 창의성이 늘어났다.
- 책을 읽고 어려운 사람들이 많다는 걸 알고 앞으로 더 열심히 살아야겠다고 생각했다.
- 생각도 더 많이 할 수 있고 책의 인물과 나랑 비교하는 시간도 가지게 되어서 좋았다.

학생들의 응답을 통해 학생들 스스로 고전 읽기를 통해 다양한 역량이 길러졌다고 느낀 것을 알 수 있다. 그중에서도 창의성이 향상되었다는 응답이 눈에 띈다. 인문 고전 읽기를 통해 일상 대화 중에 책에 대한 이야기를 자연스럽게 나누게 되었다는 반응이 반가웠다. 책을 읽는 방법을 터득하고 책 읽기에 흥미를 가지게 되었다는 반응이 많아서 그 어떤 역량을 기르게 되었다는 응답보다 환영할 만하다.

인문 고전 읽고 할 수 있는 활동 10가지

학생들에게 적용했던 내용과 답변을 중심으로 인문 고전을 읽고 할 수 있는 활동들을 정리해본다.

1. 제목, 표지, 목차를 보고 책 내용 예측하기

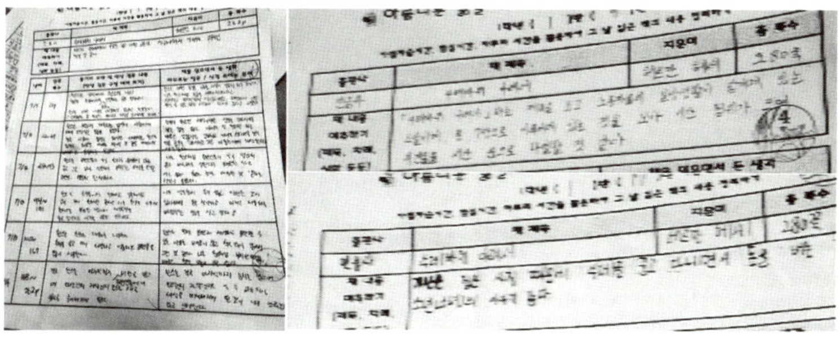

- 책 내용 예측하기: 《수레바퀴 아래서》라는 제목을 보고 노동자들의 일상생활이 담겨 있는 소설이며, 총 7장으로 이루어져 있는 것으로 보아 시간 범위가 크며 사건들을 시간순으로 나열할 것 같다.
- 책 내용 예측하기: 가난한 집안 사정 때문에 수레를 끌고 다니면서 돈을 버는 소년(소녀)의 이야기 같다.

공부에 흘린 숱한 땀과 눈물, 공부를 위하여 억눌러야 했던 자그마한 기쁨들, 자부심과 공명심, 그리고 희망에 넘치는 꿈도 이제는 모두 헛된 것이 되고 말았다.

– 《수레바퀴 아래서》, 232쪽

이 구절이 와 닿은 이유는 한스가 신학교에 가기 위해 공부를 열심히 했지만 결국 신학교를 떠나게 되자 슬픈 마음이 들기도 하고, 한스가 신학교에서 친구와 어울리는 것보다는 공부를 더 열심히 하라고 말해주고 싶기 때문입니다.

3. 느낀 점 쓰기: 책을 읽고 내 삶에 적용할 부분 적어보기

나는 한스가 천재적인 두뇌를 가졌음에도 자신이 하고 싶은 것을 하지 못하고 오로지 공부만 한다는 게 너무 안쓰럽고 불쌍했다. 한스의 나이가 우리와 비슷한 중고등학생 같은데 방학에도 놀지 않고 공부한다는 게 한편으로는 대단했다. 주변 어른들이 한스를 조금만 더 신경 쓰고 챙겨줬다면 한스가 세상을 떠나지는 않았을 것 같아서 안쓰럽고 내가 한스의 주변 어른 중에 한 명이었으면 한스를 챙겨주고 싶은 마음이 들었다. 한스의 노력과 끈기는 본받아야 된다고 생각하지만 쉬지도 않고 달려가는 것은 좋지 않다고 생각한다. 다음 생에는 한스가 행복하게 살았으면 좋겠다.

4. 책 속에서 가장 신경 쓰이는 등장인물과 이유 적어보기

나는 이 책의 등장인물 중에서 한스를 가장 인상 깊게 보았다. "아들은 겉으로는 매우 침착해 보이기는 했지만, 남모르는 불안감이 그의 목을 조이고 있었다." 이 구절을 보고 한스가 공부에 대한 압박감을 받고 있구나라는 것을 알게 되었기 때문이다. 그리고 한스가 자신감이 없어 보여서 앞으로의 역경에 대해 어떻게 헤쳐 나갈지, 감당할 수 있을지 걱정이 되었기 때문이다.

5. 마음과 행동에 공감이 가는 등장인물 찾아보기

한스의 나이대가 우리와 비슷한 것 같아서 한스의 마음이나 행동에 공감이 많이 갔다. 특히 한스가 신학교에 입학했을 때 중학교 처음 입학했을 때와 굉장히 비슷한 마음이어서 공감이 많이 갔다. 또한 공부에 대한 부담감이나 친구 관계 등등 여러 부분에서 나와 비슷한 점이 많았고 그래서 더더욱 한스에게 공감이 잘 갔다.

6. 해결해주고 싶은 문제와 자신이 생각하는 해결책 적어보기

한스의 아빠가 한스에게 공부를 강요하는 문제를 해결해주고 싶다. 한스가 자신의 아빠에게 진심을 털어놓고 한스의 아빠도 한스의 입장을 이해하고 위로해줬다면 한스는 타고난 천재적인 두뇌로 더 멋진 삶을 살았을 것 같은데 안타깝다.

나는 엠마에게 왜 프랑크 아저씨와 한스에게 말도 없이 떠났고 한스를 향한 마음이 진심이었는지 묻고 싶다. 또한 저자에게 한스가 왜 죽게 되었는지도 묻고 싶다.

〈친구들이 남긴 질문에 대한 자신의 생각〉

Q. 책 제목이 왜 《수레바퀴 아래서》인가요?

A. 한스가 가지고 있던 부담감과 근심이 수레바퀴 위에 올리는 물건들이고 한스가 수레바퀴를 끌고 다니는 사람이고 결국 한스가 부담감과 근심의 무게를 견디지 못하고 수레바퀴 밑에 깔려 죽은 것처럼 표현되었다고 생각해서 책 제목이 《수레바퀴 아래서》인 것 같다.

A. 한스가 공부에 스트레스를 받을 때, "지치면 안 돼. 그럼 수레바퀴에 깔리게 되니깐"이라고 말했다. 하지만 결국 한스는 부담감과 스트레스에 못 이겨 익사하게 된다. 따라서 한스는 부담감과 스트레스를 담고 있던 수레바퀴에 깔리게 된 것이라고 볼 수 있다. 그래서 제목이 수레바퀴 "아래서"인 것 같다.

Q. (《수레바퀴 아래서》 저자에게) 왜 이 책을 쓰게 되었나요?

A. 수동적으로 주위가 시키는 대로 행동하며 수레바퀴 아래 깔린 것처럼 살기보다는 자신의 정체성을 찾고 자발적인 자세로 삶을 살자는 의미에서 이 책을 쓴 것 같습니다.

8. 결말 다시 쓰기

윤○○: 한스는 항상 아빠를 위해 자신이 하고 싶은 것을 하지 못한 채 살았기 때문에 자기가 하고 싶은 것을 하면서 하고 싶은 대로 사는 하일너와 지내면서 자신도 하일너처럼 살고 싶다고 생각을 했다. 한스는 공부를 하면서도 계속 그 생각을 놓치지 않았다. 잠을 자기 전에도, 공부를 하면서도, 하일너와 놀 때도 자신이 무얼 하고 싶은지 고민하고 있었다. 어느 날 오랜만에 고향으로 내려가서 낚시를 하고 있으니 갑자기 공부 말고 자신이 자기 고향에서 즐기던 낚시를 하며 살고 싶다는 생각이 떠올랐다. 하지만 한스는 그럴 수 없었다. 아빠를 위해 공부만 하던 한스는 아빠에게 반항할 수 있을 리가 있을까. 그렇게 고민하던 한스에게 어느 날 하일너가 한스의 고민을 눈치채고 "그냥 너 하고 싶은 대로 해"라는 말을 듣고서는 자기 마음대로 학교를 나오지 않고 아빠에게 가서 자신은 공부가 하기 싫다고 어부가 되어서 내 멋대로 살고 싶다고 당차게 말을 했다. 혼이 날 거라고 생각한 한스의 생각과 다르게 아버지는 한참 동안 말이 없다가 "진정 네가 그렇다면 하고 싶은 대로 해"라는 말을 들었다. 결국 한스는 공부를 그만두고 자기가 하고 싶은 낚시를 하며, 어부가 되어 행복하게 살았다.

9. 각 등장인물에 어울리는 배우 적어보기

배우 중 작품 속 등장인물에 어울릴 것 같은 인물을 떠올려보게 하거나 반 친구 중 등장인물과 비슷한 성격을 가진 친구가 누구인지 이야기 나눠보면서 등장인물의 상황에 공감할 수 있다.

10. 자신이 책 속 인물의 역할을 연기한다면 누구와 가장 비슷하다고(어울린다고) 생각하는지 적어보기

가장 공감이 가는 인물에 대해 이야기 나눠보는 활동과 같이 진행할 수 있겠다. 작품 속 등장인물 중 본인은 누구와 가장 닮았다고 생각하는지 어떤 점에서 닮았다고 생각하는지 이야기 나눠봄으로써 책을 읽고 자신을 돌아볼 수 있는 기회를 제공할 수 있다.

〈학생들 활동 예시 모음〉

책 속 와 닿는 문구와 생각 나눔

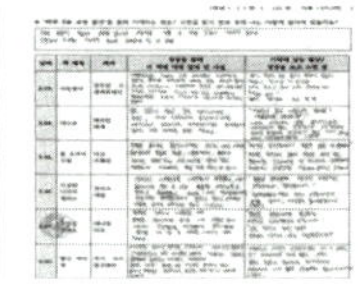

활동지 작성

《고전 텐미닛》 책 출간

결말 다시 쓰기

책 준비

패들렛 작성 예시

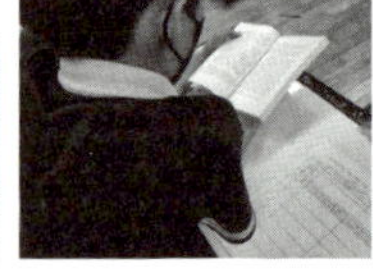

책 읽는 장면

《고전 텐미닛》 활동하면서
사용했던 활동지

필사의 힘

필사와 초서로
문해력을 키우자

　모방은 창조의 어머니라고 했다. 잘 쓴 글을 베껴 쓰는 것을 통해 내 문장력을 끌어올릴 수 있다. 좋아하는 책이나 글귀를 옮겨 적는 필사를 통해 학생들의 문해력을 높일 수 있다. 필자는 주기적으로 새벽 루틴으로 필사를 넣는다. 매일매일 좋은 문장들을 필사해보는 것은 문해력 향상뿐만 아니라 글쓰기 근육을 단련하는 데도 큰 도움이 된다. 결국은 자신의 생각을 얼마나 잘 표현하는가가 관건이다. 매일 베껴 쓰는 과정을 통해 뇌에 흡수된 언어들을 어느 순간 끄집어내 잘 조합하면 그게 바로 나만의 멋진 문장이 된다.

　글을 잘 쓰려면 많이 읽고 많이 쓰는 방법밖에는 없다. 수많은 글쓰기(책 쓰기) 강의와 책에서 이야기하고 있는 메시지는 한결같다. 잘 쓰고 싶으면 많이 써라. 그리고 많이 읽어라. 문제는 책을 많이 읽는다고 모든 사람이 글을 잘 쓰는 건 아니라는 사실이다. 그냥 읽기만 해서는 남는 게 없다. 책을 읽다 보면 어떻게 이런 멋진 표현을 썼을까 하며 부러웠던 경험이 누구나 한 번쯤 있을 것이다. 하루아침에 이런 명문장이 만들어지는 것은 아니다. 글을 잘 쓰기 위해서는 명문장을 따라 쓰는 운동법이 필요하다.

필사는 가장 느리게 읽는 방식,
제대로 잘 읽는 훈련이 된다

필사는 가장 느리게 읽는 방식이다. 글을 한 줄 한 줄 그대로 옮겨 쓰려면 우선 신중하게 읽게 된다. 제대로 잘 읽는 훈련이 된다. 섬세하게 단어와 문장, 행간까지 읽으며 작품을 음미하는 독서가 이루어진다. 느리게 읽어야만 보이는 것이 있다. 이것이 읽기와 쓰기의 밑거름이 된다. 문장력과 어휘력, 좋은 글쓰기의 감각은 하루아침에 늘지 않는다. 필사를 꾸준히 한다면 자신도 모르는 사이 고급 어휘, 좋은 문장에 대한 감각, 주제로 이끄는 맥락과 논리 구조를 파악하고 이를 활용하는 기술이 축적된다.

필사는 글쓰기의 감각을 키우기도 한다. 집중해서 최대한 정자로 베껴 쓰다 보면 단어가 입체적으로 다가오고 몰입을 경험하게 된다. 세밀하고 선명하게 장면이 그려지면서 저자의 문장이 살아 움직인다. 저자가 글을 쓸 때 느꼈을 그 감각을 느끼게 된다. 글을 베껴 쓰다 보면 글을 관찰하게 된다. 그러니 글뿐만 아니라 주변의 사물까지도 주의 깊게 관찰하는 습관이 생긴다. 집중력, 관찰력, 주의력 등을 끌어올릴 방법이 필사이다.

필사는 온몸이 기억하는 읽기와 쓰기의 기술이다. 모방에서 출발하지만, 몸으로 기억한 단어와 문장은 고스란히 나의 쓰기로 출력된다. 필사하면 전에 보이지 않던 문장이 보이기 시작한다. 그냥 내용 파악만 하고 넘어갔던 글들이 어느 순간 문맥이 보이는 읽기가 가능해진다. 눈으로만 읽던 읽기에서 손을 움직여 쓰는 과정을 통해 나의 뇌에 문장이 각인된다.

소설을 베껴 쓰는 것은 백 번 읽는 것보다 나은 일, 마침표 하나도 똑같이 베껴 쓰고 구두점 하나, 띄어쓰기, 바른 정자로 또박또박 곱씹으며 쓰라.

– 소설가 조정래

안도현 시인은 문장을 필사하는 것이 작가의 숨결을 따라 내쉬고 들이쉬는 것과 같은 것으로, 글도 고추장을 찍어 먹듯 손맛을 봐야 비로소 그 맛을 알게 된다고 강조한다. 평소 시를 가르칠 때 학생들에게 학기마다 약 100~200여 편의 시 필사를 과제로 내준다.

– 〈한겨레 신문〉, 2010.11.06.

효과적인 필사 방법

효과적인 필사 방법은 다음과 같다.

1. 하루 10분 필사할 시간을 정한다. 필사할 장소에 노트와 책을 놓아둔다. 습관이 될 때까지 정한 필사 시간을 지키고 필사 후 바로 인증해 스스로 성취감을 높인다.

2. 필사할 본문을 시간 날 때 미리 한 번 정도 눈으로 읽어둔다.

3. 필사 시간에는 정한 분량(1페이지 정도)을 최대한 정자로 정성껏 노트에 문장 그대로 옮겨 적는다. 모르는 단어나 생소한 어휘는 표시해두고 나중에 사전을 찾아보아도 좋다. 훌륭한 문장이나 인상적인 부분에 밑줄을 그어도 좋고, 노트 여백에 단상을 적어도 좋다. 컴퓨터로 필사하는 경우에는 소리 내어 읽으면서 타이핑하는 것이 좋다.

4. 글 전체를 필사하면 글의 형식, 구조, 문체, 어휘 등을 종합적으로 익히면서 작품의 특징을 내 것으로 삼기 좋고, 좋은 부분만 일부 발췌해 필사하고 자신의 느낌을 그 밑에 길게 적어두는 초서를 할 경우는 창의적 글쓰기 훈련이 된다. 문학 필사는 표현력을 풍성하게 하고 생각과 감정, 느낌을 자유롭게 표현

하게 하는 훈련이 되며, 비문학 필사는 다양한 관점으로 세상을 보게 하고 간결하고 명확한 표현, 논리와 설득의 구조를 익힐 수 있다.

5. 보통 필사를 할 때 한 단어 한 단어를 보며 노트에 필사하는 경우가 많은데 그렇게 하지 말고 짧은 문장일 때 전체를 다 외워서 적어본다. 외워서 적는 순간에는 마치 내가 글을 쓰는 듯한 착각이 든다. 글을 베껴 쓰는 것이 아닌 나의 글을 창작하는 느낌을 받을 수 있다. 긴 문장인 경우는 반 정도의 길이를 외워서 먼저 적고 나머지 반을 외워 적어본다. 외우는 동안 나의 뇌에 한 번 각인되고 다시 손을 통해 필사하면서 한 번 더 흡수된다. 베껴 쓰는 글이 아닌 내가 진짜로 글을 쓰는 느낌이 든다.

이런 과정을 거치면 글을 읽으며 한 번, 외우며 한 번, 외운 문장을 끄집어낼 때 한 번, 손으로 쓰면서 한 번, 다 쓴 문장을 낭독하면서 한 번, 이렇게 여러 번 각인되는 효과가 있다.

생각을 키우는 초서

초서란 책에서 필요한 정보를 발췌하여 그대로 옮겨 적은 후 자기 생각을 덧붙이는 독서 방식을 말한다. 초서하는 방법은 다음과 같다.

1. 무조건 좋은 구절에 밑줄을 치는 것이 아니라 '무엇 때문에 이 책을 읽는가? 이 책 가운데서 어떤 정보가 유용한가? 왜 그 정보가 있어야 하는가?' 등 자신의 주견(主見)을 정립한다.
2. 선택한 구절을 노트에 그대로 옮겨 적는다.
3. 옮겨 적은 구절에 대한 자기 생각을 덧붙인다.

눈으로, 입으로만 읽지 말고 손으로 읽어라. 부지런히 초록하고 쉴 새 없이 기록해라. 초록이 쌓여야 생각이 튼실해진다. 주견이 확립된다. 그때그때 적어두지 않으면 기억에서 사라진다. 당시에는 요긴하다 싶었는데 찾을 수가 없게 된다. 열심히 적어라. 무조건 적어라.

– 《다산선생 지식경영법》, 정민 지음, 148쪽

자기 생각을 쓰게 되면, 문장이 완전히 자기 것이 된다. 필자는 노트에 손으로 쓰기도 하고 블로그에 바로 필사하고 생각을 남기기도 한다. 필자가 작성한 초서 예시를 몇 가지 들어보려고 한다.

〈2022.4.11. 초서한 내용〉

"작가가 되고 싶다면 무엇보다 두 가지 일을 반드시 해야 한다. 많이 읽고 많이 쓰는 것이다. 이 두 가지를 슬쩍 피해 갈 방법은 없다. 지름길도 없다."

– 《유혹하는 글쓰기》, 스티븐 킹 지음, 176쪽

"책을 읽을 시간이 없는 사람은 글을 쓸 시간도 없는 사람이다. 한 번에 오랫동안 읽는 것도 좋지만 시간이 날 때마다 조금씩 읽어나가는 것이 요령이다."

– 《유혹하는 글쓰기》, 스티븐 킹 지음, 179쪽

"나는 소설이란 땅속의 화석처럼 발굴되는 것이라고 믿는다. 소설은 이미 존재하고 있으나 아직 발견되지 않은 어떤 세계의 유물이다. 작가가 해야 할 일은 자기 연장통 속의 연장들을 사용하여 각각의 유물을 최대한 온전하게 발굴하는 것이다."

– 《유혹하는 글쓰기》, 스티븐 킹 지음, 169쪽

어쩌면 글쓰기라는 것 자체가 '내 속에 숨겨져 있는 감정과 생각들을 화석을 캐내듯 발굴해내는 과정이 아닌가!'라는 생각이 든다. 이미 내 안에 가지고 있는 수많은 가능성을 캐내는 과정, 캐낸 것을 들어 올리는 과정이 글쓰기인 것 같다. 어느 날은 생각이 많아진다. 내 생각이 머무는 그 지점은 아직 해결되지 않은 내 감정의 찌꺼기가 남아 있는 지점일 것이다. 글로 제대로 풀어낼 수 있을 때라야 그 생각과 감정이 제대로 해소되고 그제야 비로소 나를 괴롭히는 감정과 생각에서 온전히 벗어날 수 있는 것 같다. 생각하는 데도 기술이 필요하다. 머리에 쥐 나도록 끝까지 한 가지 생각에 몰입해보는 경험을 했을 때 생각의 깊이가 깊어질 수 있을 것이다. 글쓰기도 마찬가지다. 무작정 쓰는 것이, 양을 늘리는 것이 초반에는 큰 도움이 되겠지만 글쓰기 실력을 높이기 위해 분명 필요한 연장들이 있다. 어휘, 문법, 문장 구성, 문단 구성 등의 기술적인 측면에 더하여 내 속에 들어앉아 있는 화석을 발견해내겠다는 의지, 내 속을 뒤집어 보이겠다는 용기 등 많은 연장이 동원되었을 때라야 내 속에 갇혀 있는 유물들을 최대한 온전하게 발굴할 수 있을 것이다.

PART 5

인문 고전 필사하기

5장은 본격적으로 인문 고전을 필사하면서 자신의 생각을 정리해보는 장으로 구성하였다. 혹 특별한 생각이 떠오르지 않는 경우에는 도움 질문에 먼저 답해보기를 권한다. 모든 질문에 답해야 하는 것이 아니니 부담은 내려놓자.

하루에 10분에서 15분 시간을 정해놓고 필사할 것을 추천한다. 자신의 생각 쓰기, 도움 질문에 답하기, 질문 만들기, 모르는 단어 찾아보기를 한 번에 끝내는 방법도 있고, 처음 필사할 때는 필사와 세 가지 활동 중 한 가지만 하고, 두 번째 필사할 때 나머지 활동을 다 해보는 방법도 있겠다. 자신의 수준과 속도에 맞게 해나가자.

문해력은 그저 책을 많이 읽기만 한다고 해서 좋아지는 것은 아니기에 단 한 줄이라도 자신의 생각을 써보고 질문에 답하는 과정이 중요하다. 이를 위해서는 어휘력이 뒷받침되어야 하겠다. 필사, 질문에 답하기, 질문 만들기, 모르는 단어 찾기가 문해력 향상에 어떤 도움을 줄 수 있는지 정리해보았다.

1. **필사:** 필사는 텍스트를 손으로 직접 쓰는 과정을 말한다. 이 과정에서 문장을 주의 깊게 읽고 이해하며, 단어와 문법, 문장 구성, 어휘 등에 집중하게 된다. 필사를 통해 텍스트의 내용을 더욱 깊이 있게 이해하고 기억할 수 있다. 또한, 필사는 글쓰기 능력을 향상시키는 데에도 도움이 된다.

2. **질문에 답하기:** 질문에 답하는 과정은 이해력과 사고력을 요구한다. 질문에 대한 답변을 찾기 위해 텍스트를 여러 번 읽고 분석해야 한다. 이를 통해 텍스트에 대한 이해를 깊이 있게 하고, 정보를 추출하고, 비판적 사고를 발전시킬 수 있다. 또한, 질문에 답하는 과정에서 자신의 의견을 정리하고 표현하는 능력도 향상된다.

3. **질문 만들기:** 질문을 만들면서 자신의 생각을 정리하고, 다른 사람의 의견을 존중하며, 깊이 있는 대화를 나누는 데 큰 도움이 된다. 이 방법을 통해 스스로 논리를 세우고, 다양한 관점을 이해할 수 있는 기회를 가질 수 있다.

4. **모르는 단어 찾아보기:** 모르는 단어를 찾아보는 습관은 어휘력을 크게 향상시킨다. 모르는 단어를 찾아보면 그 단어의 의미뿐만 아니라 문맥에서 어떻게 사용되는지를 이해할 수 있다. 이를 통해 어휘의 정확한 사용과 문맥에 맞는 적절한 단어 선택을 할 수 있게 된다. 또한, 모르는 단어를 찾아보는 과정에서 새로운 어휘를 습득하고 어휘의 범위를 넓힐 수 있다. 어휘력 부족은 글을 읽는 것을 중도에 포기하게 만들고 글을 읽어도 결국 무슨 내용인지 파악할 수 없게 된다.

Q. 질문은 어떻게 만들어요?

질문을 만들 때 하브루타 질문 방법을 활용해보자. 하브루타의 질문 방법은 다음과 같은 세 가지 단계로 구성된다.

- 내용/사실 질문: 텍스트나 상황에 나타난 사실을 알아보는 질문.
- 상상/심화 질문: 텍스트나 상황에 나타나지 않은 사실을 가정하고 추론하는 질문.
- 적용/실천 질문: 나 또는 우리와의 관련성을 찾아 연관된 질문을 만드는 단계.

① 첫 번째 단계: 내용/사실 질문
- 정의: 텍스트나 상황에 나타난 사실을 확인하기 위한 질문이다.
- 예시: "이 단어의 뜻은 무엇인가요?" "누가, 언제, 어디서, 무엇을, 어떻게, 왜 했는가?"

② 두 번째 단계: 상상/심화 질문
- 정의: 텍스트나 상황에 나타나지 않은 사실을 가정하고 추론하는 질문이다.
- 예시: "만약 내가 그 상황에 있었다면 어떻게 했을까?" "그것이 아니라 다른 상황이었다면 결과는 어땠을까?"

③ 세 번째 단계: 적용/실천 질문
- 정의: 나 또는 우리와의 관련성을 찾아 연관된 질문을 만드는

단계이다.

　◦ 예시: "이 상황이 내 삶에 어떤 영향을 미칠 수 있을까?" "이와 비슷한 경험이 있다면 어떻게 대처했을까?"

　하브루타는 단순한 질문을 넘어, 서로의 생각을 발전시키고, 깊이 있는 대화를 통해 학습하는 효과적인 방법이다. 이러한 질문 방법을 통해 더 나은 사고력을 기를 수 있다. 질문을 만들면 질문의 수준을 알려주는 사이트도 있다. 'AI시대 미래형 인재를 위한 혁신 질문 훈련 플랫폼'인 '스마일업'을 이용하여 질문의 수준을 한 단계 높여보자.

〈스마일업 사이트〉 

빨강 머리 앤

✲ 작품 소개

'초록지붕집'에 실수로 입양된 고아 소녀가 엉뚱한 상상력과 긍정의 에너지로 어려움들을 돌파해가는, 세계에서 가장 유쾌한 성장소설이다. 캐나다 작가 루시 M. 몽고메리의 자전적 삶이 녹아 있어서 등장인물 묘사가 생생하고, 특히 서정적인 자연을 서술한 문장들이 탁월하다. 그래서 소설의 배경인 프린스에드워드섬은 항상 팬들로 북적이고, 이 책은 TV 애니메이션 에피소드를 넘어서 꼭 읽어봐야 할 고전으로 꼽힌다.

캐나다 프린스에드워드섬의 시골 마을 에이번리, 거기서도 가장 외딴 농장에 사는 매슈와 마릴라 커스버트 남매에게 중대한 시련이 닥친다. 농장 일을 도울 남자아이를 입양하려고 했는데, 삐쩍 마른 빨강 머리 여자아이가 나타난 것. 아이는 이름이 '끝에 e가 붙는 앤'이지만 '코딜리어'라고 불러달라거나, '흰 사과꽃이 만발하고 개울 웃음소리가 들리는 초록지붕집'에서 살게 해주면 착한 아이가 되겠다는 엉뚱한 애원으로 마릴라의 혼을 쏙 빼놓는다.

하지만 "빨강 머리! 홍당무!" 소리에 발끈해서 린드 부인과 싸우는가 하면, 자수정 브로치를 훔쳤다는 의심까지 받게 되는데……. 가여운 앤이 초록지붕집에서 행복해질 수 있을까?

루시 모드 몽고메리. 자신을 닮은 사랑스러운 캐릭터 '앤'의 이야기로 전 세계적으로 사랑받은 작가.《빨강 머리 앤》의 작가로 널리 알려져 있으며 1874년 캐나다 동부 지역인 프린스에드워드섬에서 태어났다. 캐나다 여성 최초로 문학예술왕립학회 회원이 되었고, 대영제국 훈장(OBE)을 받았다.

루시 모드 몽고메리는 캐나다 세인트로렌스만에 위치한 프린스 에드워드섬에서 나고 자랐다. 생후 21개월 만에 어머니를 잃고 외조부모의 손에 맡겨져 자랐는데, 아름다운 자연 속에서 뛰놀며 섬세한 감수성과 작가적 재능을 키웠다. 이 시골 마을에서 몽고메리는 앤과 같은 감수성을 키우고 지역 신문에 시를 발표하며 작가로서 재능을 키워갔다. 10세부터 창작을 시작하였으며, 15세 되던 해에는 샬럿타운 신문인 '패트리어트'에 시 〈케이프 르포르스 위에서〉가 처음으로 발표되었다.

이후 샬럿타운에 있는 프린스 오브 웨일스대학과 핼리팩스에 있는 댈하우지대학에서 공부한 후 교사가 되었으나, 스물네 살 때 외할아버지가 돌아가시자 외할머니를 위해 캐번디시로 돌아와 우체국 일을 도왔다. 틈틈이 글을 써 잡지에 시와 소설을 발표했으며 신문 기자로 활동하기도 했다. 이후 18개월 만에 완성한 《빨강 머리 앤》 원고를 여러 출판사에 보냈지만 거절당하고, 2년 뒤 다시 수정해 보스턴 출판사에 보내 비로소 출간했다.

열한 살에 우연히 이웃 독신 남매의 집에 어린 조카딸이 와서 사는 것을 보고 짧은 글을 썼던 것이 훗날 《빨강 머리 앤》의 모티브가 되었다. 재혼한 아버지와 잠시 함께 살았지만, 계모와의 불화와 향수병으로 캐번디시로 돌아왔다. 1908년에 출간된 《빨강 머리 앤》의 희망적이고 명랑한 고아 여자아이의 성장 이야기는 캐나다 독자들의 열렬한 호응을 얻었다. 이듬해인 1908년 미국에서 출간된 후 세계적인 인기를 끌어서 《에이번리의 앤》, 《레드먼드의 앤》 등 10여 편의 속편을 발표했다.

– 작품 소개 및 작가 소개: 인터넷 서점

　　정말 눈부신 날이야! 이런 날엔 살아 있는 것만으로도 기뻐! 아직 태어나지 않아서 이런 날을 놓치는 이들이 가여워. 그들도 물론 좋은 날들을 맞겠지만 오늘처럼 눈부신 날은 아닐걸.

– 《빨강 머리 앤》, 루시 모드 몽고메리 지음, 김서령 옮김, 허밍버드, 179쪽

◇ 문장을 그대로 베껴 써봅시다.

◇ 자신의 생각과 느낌을 자유롭게 적어봐도 좋고
주어진 질문에 하나씩 답해보아도 좋습니다.

1 한 줄 글쓰기

필사 후 드는 자신의 생각과 느낌, 질문을 자유롭게 적어봅시다.

2 도움 질문

다음 질문에 대한 자신의 생각을 적어봅시다.

- 이야기에서 언급된 '눈부신 날'은 어떤 의미를 가지고 있을까요?

- 우리 주변에서 어떤 것들이 우리를 눈부시게 만들 수 있을까요?

- 어떻게 우리는 일상에서 자연의 아름다움을 느끼고 감사의
마음을 가질 수 있을까요?

- 여러분에게 특별한 의미가 있는 순간이나 날을 소개해볼까요?

3 질문 만들기

필사한 부분에 대해 자신만의 질문을 만들어봅시다.

4 모르는 단어 찾아보기

**필사한 부분에서 모르는 단어가 있다면 사전에서 찾아
그 뜻을 적어봅시다.**

앨런 사모님이 그러시는데요, 우린 다른 사람들에게

좋은 영향을 주려고 항상 애써야 한댔어요.

– 《빨강 머리 앤》, 루시 모드 몽고메리 지음, 김서령 옮김, 허밍버드, 285쪽

◇ 문장을 그대로 베껴 써봅시다.

1 한 줄 글쓰기

필사 후 드는 자신의 생각과 느낌, 질문을 자유롭게 적어봅시다.

2 도움 질문

다음 질문에 대한 자신의 생각을 적어봅시다.

- 우리는 왜 다른 사람들에게 좋은 영향을 주려고 애써야 할까요?
  그것이 우리 자신과 주변 사람들에게 어떤 영향을 미칠까요?

- 우리가 다른 사람들에게 좋은 영향을 주기 위해 할 수 있는
  일에는 어떤 것들이 있을까요?

3 질문 만들기

필사한 부분에 대해 자신만의 질문을 만들어봅시다.

4 모르는 단어 찾아보기

**필사한 부분에서 모르는 단어가 있다면 사전에서 찾아
그 뜻을 적어봅시다.**

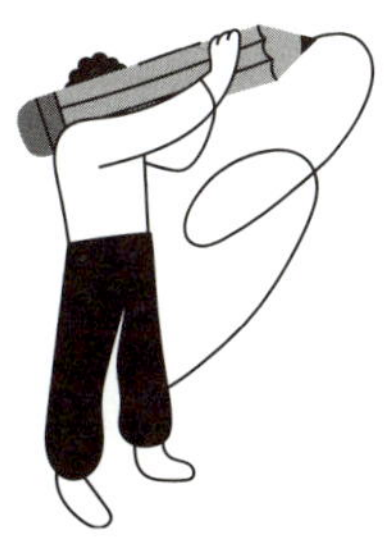

'조시 파이는 레이스 뜨기 대회에서 1등을 했어요. 저도
정말 기뻤어요. 그리고 제가 기뻐한다는 사실이 더
좋았어요. 조시가 잘하는 걸 기뻐할 수 있다는 건 제가
점점 괜찮은 애가 되어 가고 있단 얘기잖아요.'

– 《빨강 머리 앤》, 루시 모드 몽고메리 지음, 김서령 옮김, 허밍버드, 380쪽

◇ 자신의 생각과 느낌을 자유롭게 적어봐도 좋고
주어진 질문에 하나씩 답해보아도 좋습니다.

1 한 줄 글쓰기

필사 후 드는 자신의 생각과 느낌, 질문을 자유롭게 적어봅시다.

2 도움 질문

다음 질문에 대한 자신의 생각을 적어봅시다.

- 여러분은 주변 사람들의 성과나 성공에 어떻게 반응하나요?

- 여러분은 친구의 성공을 진심으로 기뻐해준 적이 있나요?

- 다른 사람의 성공을 축하할 때 우리는 어떤 기분을 느낄까요?

- 우리가 다른 사람의 성공에 기뻐해줄 수 있다는 것이 왜
  중요한가요?

3 질문 만들기

필사한 부분에 대해 자신만의 질문을 만들어봅시다.

4 모르는 단어 찾아보기

필사한 부분에서 모르는 단어가 있다면 사전에서 찾아
그 뜻을 적어봅시다.

'스테이시 선생님이 지난 수요일에 열두 살이 넘은 여학생들을 시냇가로 데려가서 말씀하셨는데요. 저희 나이대엔 어떤 습관을 가질지 또 어떤 이상을 품을지 아주 신중하게 고민해야 한대요. 스무 살엔 우리 인성이 형성되고 그건 앞으로의 삶에 기초가 되기 때문이래요.'

– 《빨강 머리 앤》, 루시 모드 몽고메리 지음, 김서령 옮김, 허밍버드, 389쪽

◇ 문장을 그대로 베껴 써봅시다.

1 한 줄 글쓰기

필사 후 드는 자신의 생각과 느낌, 질문을 자유롭게 적어봅시다.

2 도움 질문

다음 질문에 대한 자신의 생각을 적어봅시다.

- 스테이시 선생님은 스무 살이 되기 전에 습관과 가치를 결정하는
  것이 중요하다고 언급했습니다. 여러분은 자신의 미래를 위해
  어떤 습관을 형성하고 어떤 가치를 추구해야 할까요?

- 여러분이 가지고 있는 좋은 습관에는 어떤 것이 있나요?

- 여러분이 고치고 싶은 습관에는 어떤 것이 있나요?

3 질문 만들기

필사한 부분에 대해 자신만의 질문을 만들어봅시다.

4 모르는 단어 찾아보기

**필사한 부분에서 모르는 단어가 있다면 사전에서 찾아
그 뜻을 적어봅시다.**

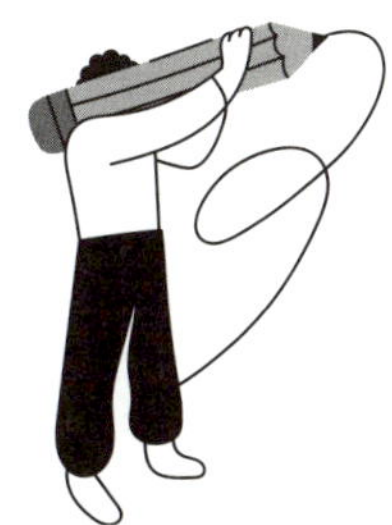

이제 공부가 더 재밌어질 것 같아요. 인생의 목표가
생겼잖아요. 앨런 목사님은 누구나 인생의 목표를 가지고
그걸 충실하게 좇아야 한다고 하셨어요. 그리고 우선은
가치 있는 목표를 세워야 한다고요.

– 《빨강 머리 앤》, 루시 모드 몽고메리 지음, 김서령 옮김, 허밍버드, 394쪽

1 한 줄 글쓰기

필사 후 드는 자신의 생각과 느낌, 질문을 자유롭게 적어봅시다.

2 도움 질문

다음 질문에 대한 자신의 생각을 적어봅시다.

- 가치 있는 목표를 세우는 것이 왜 중요할까요?

- 우리는 어떻게 가치 있는 목표를 세울 수 있을까요?

- 인생에 목표가 있으면 더 행복할까요?

- 목표를 이루기 위해서는 어떤 노력이 필요할까요?

3 질문 만들기

필사한 부분에 대해 자신만의 질문을 만들어봅시다.

4 모르는 단어 찾아보기

필사한 부분에서 모르는 단어가 있다면 사전에서 찾아
그 뜻을 적어봅시다.

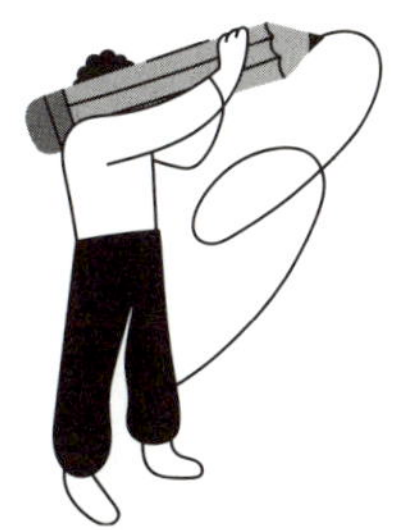

이상한 나라의 앨리스

❋ 작품 소개

《이상한 나라의 앨리스》는 영국의 수학자이자 작가인 찰스 루트위지 도지슨이 루이스 캐럴이라는 필명으로 1865년에 발표한 소설이다. 앨리스가 토끼굴에 들어가 기묘하고 의인화된 생명체들이 사는 환상의 세계에서 모험을 겪는 이야기를 담고 있다. 원제는 《앨리스가 이상한 나라에서 겪은 모험》(Alice's Adventures in Wonderland)이지만 《이상한 나라의 앨리스》(Alice in Wonderland)로 더 많이 알려져 있다. 아이들뿐만 아니라 어른들에게도 높은 인기를 얻은 이 이야기는 훗날 연극, 영화, 텔레비전 드라마, 뮤지컬 등 다양한 분야에서 각색되었다.

– 출처: 위키백과

언덕 위에서 책을 읽는 언니 곁에 앉아 있던 앨리스는 조끼 입은 토끼가 시계를 들여다보며 늦었다고 허둥대는 모습을 보고 '호기심에 불타' 그 토끼를 쫓아간다. 토끼를 따라 굴 속으로 내려간 앨리스는 '이상한 나라'에 도착한다. '이상한 나라'에서 벌어지는 정말 '이상한 일'들. 어른들이라면 악몽이라고 생각할지도 모르는 모험에서 앨리스는 여기저기를 기웃거리고, 참견하며 재미있는 시간을 보낸다.

– 출처: 인터넷 서점

루이스 캐럴의 본명은 찰스 럿위지 도지슨(Charles Lutwidge Dodgson)이다. 1832년 1월 27일 영국 체셔의 성직자 집안에서 태어났다. 1846년 진학한 공립학교의 한 수학 선생님으로부터 "이 학교에 온 이후 이처럼 유망한 아이를 본 적이 없다"는 말을 들을 정도로 수학에 큰 재능을 보였다. 1851년에 옥스퍼드 크라이스트처치 칼리지에 입학했고, 1855년부터 1881년까지 모교 수학과 교수로 재직했다. 어릴 때부터 투고한 시나 단편소설이 여러 잡지에 게재될 정도로 문학적 재능도 탁월했다고 전해진다.

1864년, 수학과 학장이었던 헨리 조지 리델의 딸 앨리스와 그 자매들에게 '땅속 나라의 앨리스'라는 제목의 이야기를 선물했다. 1년 후 이 이야기는 《이상한 나라의 앨리스》로 정식 출간되었다. 이때 즈음부터 '루이스 캐럴'이라는 필명을 사용했는데, 이는 자신의 이름 Charles Lutwidge를 라틴어인 Carolus Ludovicus로 바꾼 후, 이를 다시 영어화하여 앞뒤를 바꾼 것이다. 캐럴의 재치가 돋보이는 필명이다.

《이상한 나라의 앨리스》는 출간 후 지금까지 170개 이상의 언어로 번역되고 영화·애니메이션·드라마 등으로 각색되며 전 세계 독자들에게 큰 사랑을 받아왔다. 초현실적이고 환상적인 상상력과 더불어 캐럴만의 독특한 언어유희, 논리적·수학적 특징이 이 책의 매력으로 꼽힌다.

– 저자 소개 출처: 인터넷 서점

《이상한 나라의 앨리스》 필사하기

　한번은 자기 자신을 맞수 삼아 하던 크로켓 경기에서 스스로가 속임수를 썼다고 제 뺨을 때리려 했던 적도 있었는데, 이 별난 아이는 두 사람인 척하는 것을 아주 좋아했기 때문이다. '하지만 지금은 소용없잖아.' 불쌍한 앨리스는 생각했다. '두 사람인 척해봐야 뭐해! 지금 난 어엿한 한 사람분에도 못 미치는걸.'

－《이상한 나라의 앨리스》, 루이스 캐럴 지음, 김희진 옮김, 문학동네, 2023, 19쪽

◇ 문장을 그대로 베껴 써봅시다.

◇ 자신의 생각과 느낌을 자유롭게 적어봐도 좋고
주어진 질문에 하나씩 답해보아도 좋습니다.

1 한 줄 글쓰기

필사 후 드는 자신의 생각과 느낌, 질문을 자유롭게 적어봅시다.

2 도움 질문

다음 질문에 대한 자신의 생각을 적어봅시다.

- 이야기에서 앨리스는 속임수를 썼다는 이유로 자기 자신을
때리려던 적이 있습니다. 우리는 왜 때로 자신의 행동에 대해
후회하게 되는지, 이를 어떻게 극복할 수 있는지 생각해볼까요?

- 앨리스가 스스로를 두 사람인 척하려 한 이유는 무엇일까요?

3 질문 만들기

필사한 부분에 대해 자신만의 질문을 만들어봅시다.

4 모르는 단어 찾아보기

**필사한 부분에서 모르는 단어가 있다면 사전에서 찾아
그 뜻을 적어봅시다.**

"그렇게 많이 울지 말걸!" 앨리스는 나가려고 애쓰며 헤엄치면서 말했다. "내가 흘린 눈물에 **빠져** 죽는 걸로 지금 벌을 받고 있나봐. 확실히 기묘한 일이긴 해! 하지만 오늘은 모든 게 기묘한걸."

– 《이상한 나라의 앨리스》, 루이스 캐럴 지음, 김희진 옮김, 문학동네, 2023, 27〜28쪽

1 한 줄 글쓰기

필사 후 드는 자신의 생각과 느낌, 질문을 자유롭게 적어봅시다.

2 도움 질문

다음 질문에 대한 자신의 생각을 적어봅시다.

- 앨리스는 오늘 모든 게 기묘하다고 말했습니다. 여러분들도 이런
  느낌을 받은 경험이 있나요?

- 이런 기묘함을 경험할 때 우리는 어떻게 대처할 수 있을까요?

3 질문 만들기

필사한 부분에 대해 자신만의 질문을 만들어봅시다.

4 모르는 단어 찾아보기

필사한 부분에서 모르는 단어가 있다면 사전에서 찾아
그 뜻을 적어봅시다.

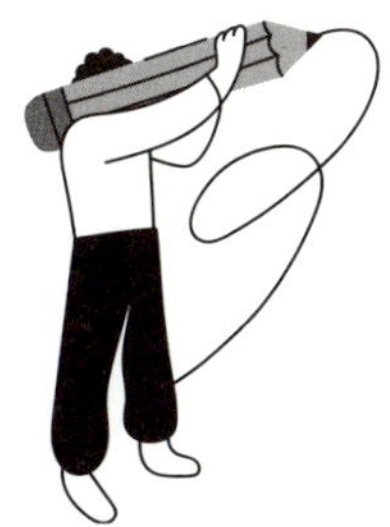

"넌 누구냐?" 쐐기벌레가 물었다.

별로 대화를 시작하고 싶어지는 첫마디는 아니었다. 앨리스는 좀 수줍게 대답했다. "저—저도 잘 모르겠어요, 선생님, 지금은요—어쨌든 아침에 일어났을 때는 제가 누구인지 알았는데, 그후로 여러 번 바뀐 것 같아요."

–《이상한 나라의 앨리스》, 루이스 캐럴 지음, 김희진 옮김, 문학동네, 2023, 53쪽

◇ 문장을 그대로 베껴 써봅시다.

◇ 자신의 생각과 느낌을 자유롭게 적어봐도 좋고
주어진 질문에 하나씩 답해보아도 좋습니다.

1 한 줄 글쓰기

필사 후 드는 자신의 생각과 느낌, 질문을 자유롭게 적어봅시다.

2 도움 질문

다음 질문에 대한 자신의 생각을 적어봅시다.

– 왜 앨리스가 자신이 누구인지 확실히 모를까요?

- 앨리스는 자신이 누구인지 모르는 상황에 처했습니다. 우리는
어떻게 자아 정체성을 발견하고 이해할 수 있을까요?

- '넌 누구냐?'라는 질문에 여러분은 어떻게 답하고 싶나요?

3 질문 만들기

필사한 부분에 대해 자신만의 질문을 만들어봅시다.

4 모르는 단어 찾아보기

**필사한 부분에서 모르는 단어가 있다면 사전에서 찾아
그 뜻을 적어봅시다.**

"노크해봐야 소용없어." 하인이 말했다. "두 가지 이유에서지. 첫 번째로, 내가 너와 마찬가지로 문밖에 있기 때문이야. 두 번째로, 안에서 너무나 시끄럽게 법석을 떨고 있어서 아무도 네 노크 소리를 들을 수 없기 때문이지."

－《이상한 나라의 앨리스》, 루이스 캐럴 지음, 김희진 옮김, 문학동네, 2023, 68쪽

◇ 문장을 그대로 베껴 써봅시다.

1 한 줄 글쓰기

필사 후 드는 자신의 생각과 느낌, 질문을 자유롭게 적어봅시다.

2 도움 질문

다음 질문에 대한 자신의 생각을 적어봅시다.

- 상대방의 의사를 이해하고 소통을 원활히 할 수 있는 방법에는
  어떤 것이 있을까요?

- 하인은 안에서 너무 시끄럽게 법석을 떨고 있어서 아무도
  노크 소리를 듣지 못한다고 말했습니다. 우리 주변에서는 어떤
  상황에서 소리가 너무 시끄럽게 되는지 생각해보세요. 시끄러운
  환경에서 어떻게 집중하고 의사소통할 수 있을까요?

- '문밖에 있는 사람끼리' 노크를 한다는 상황이 현실의 인간관계나
  사회적 상황에서 어떤 의미를 가질 수 있을지 생각해보세요.

- 안에서 너무 시끄러워 노크 소리를 들을 수 없다는 말은, 우리가
  일상에서 타인의 목소리를 듣지 못하는 상황과 어떻게 연결될 수
  있을까요?

3 질문 만들기

필사한 부분에 대해 자신만의 질문을 만들어봅시다.

4 모르는 단어 찾아보기

필사한 부분에서 모르는 단어가 있다면 사전에서 찾아
그 뜻을 적어봅시다.

"여기서는 어떤 길로 가야 하는지 알려주겠니?"

"그건 네가 어디로 가고 싶은가에 따라 크게 다르지."

고양이가 말했다.

"어디인지는 별로 상관없어."

앨리스가 말했다.

"그렇다면 어느 길로 가는지도 상관없네." 고양이가

말했다.

– 《이상한 나라의 앨리스》, 루이스 캐럴 지음, 김희진 옮김, 문학동네, 2023, 76쪽

◇ 문장을 그대로 베껴 써봅시다.

◇ 자신의 생각과 느낌을 자유롭게 적어봐도 좋고
주어진 질문에 하나씩 답해보아도 좋습니다.

1 한 줄 글쓰기

필사 후 드는 자신의 생각과 느낌, 질문을 자유롭게 적어봅시다.

2 도움 질문

다음 질문에 대한 자신의 생각을 적어봅시다.

- 고양이는 왜 "어디로 가고 싶은가에 따라 길이 달라진다"고
  말했을까요? 이 대화가 우리 삶의 목표와 방향에 대해 어떤
  메시지를 주고 있나요?

- 앨리스가 "어디인지는 별로 상관없어"라고 말한 태도는 어떤
결과를 가져올 수 있을까요? 여러분은 인생에서 목표의 중요성에
대해 어떻게 생각하나요?

- "어느 길로 가는지도 상관없네"라는 고양이의 말에서 얻을 수
있는 교훈이나 느낀 점을 자유롭게 이야기해보세요.

3 질문 만들기

필사한 부분에 대해 자신만의 질문을 만들어봅시다.

4 모르는 단어 찾아보기

**필사한 부분에서 모르는 단어가 있다면 사전에서 찾아
그 뜻을 적어봅시다.**

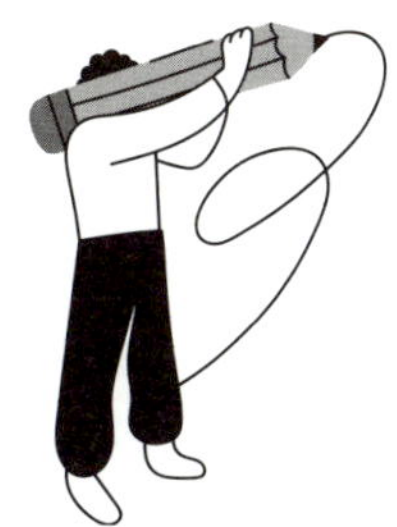

걸리버 여행기

✳ 작품 소개

18세기 영국의 정치현실을 신랄하게 꼬집은 고전. 〈소인국〉, 〈거인국〉, 〈하늘을 나는 섬나라〉, 〈말의 나라〉 등 4부작으로 구성되었다. 이성적인 억제와 동물적 충동 사이의 대립을 토대로 자유와 전제국가 사이에서 갈등을 겪는 인간의 왜소한 모습을 풍자한 소설이다. 풍자문학의 대가 조너선 스위프트의 《걸리버 여행기》는 걸리버의 환상적인 모험담을 통해 당대의 정치사회와 인간 문명을 통렬하게 비판한다. 스위프트는 "이 작품의 의도는 세상 사람들을 즐겁게 해주려는 것이 아니라 화나게 만들려는 것"이라고 말했다. 그 말대로 《걸리버 여행기》는 1726년 출판되었을 때부터 엄청난 인기와 논란을 동시에 불러일으켰으며, 신랄한 묘사로 인해 내용이 삭제되거나 금서로 지정되기까지 했다.

✳ 저자 소개

조너선 스위프트는 1667년 11월 30일 아일랜드 더블린에서 태어났다. 그가 태어나기 7개월 전에 아버지가 사망해 백부 고드윈 스위프트의 보호 아래 자랐다. 더블린의 킬케니 스쿨을 마치고 1682년 트리니티 칼리지에 입학해 1686년에 졸업했다. 학교를 마친 스위프트는 1688년 유명한 정치가이자 학자로, 당시는 정계에서 은퇴한 윌리엄 템플 경의 개인비서로 들어갔다. 그후 1694년 아일랜드로 돌아가서 집안의 전통에 따라 성직을 얻어 킬루트 성당의 녹봉을 받아 생활했다. 1696년 다시 템플 경에게 돌아왔고, 템플 경이 세상을 떠난 뒤 또다시 아일랜드로 돌아가 1710년까지 더블린 근처 라라카의 교회 목사로 일했다.

1710~1714년에 스위프트는 삶의 절정기를 맞는다. 토리당의 기관지 격인 신문 〈이그재미너〉의 편집장을 맡아 마음껏 붓을 휘두르며 정치평론 '동맹국의 행위' 등으로 필명을 높였다. 그러나 1714년 앤 여왕이 죽고 토리당이 집권에 실패하자 더블린의 성 패트릭 성당에서 칩거했다. 그러나 아일랜드가 영국 정부의 그릇된 정책 때문에 궁핍에 빠지자 아일랜드의 구제와 부흥을 주장하는 팸플릿을 만들기 시작했다. 1724년 〈드레이피어의 서한〉과 함께 1726년에는 《걸리버 여행기》를 런던에서 출간해 드디어 확고하게 그의 이름을 떨쳤다. 1730년대 말엽부터 정신착란 증세가 나타나, 1742년에는 발광 상태에 빠졌다. 1745년 10월에 세상을 떠나 성 패트릭 성당의 묘지에 묻혔다. 주요 저서로는 대표작 《걸리버 여행기(Gulliver's Travels)》(1726)를 비롯해 《통 이야기》, 《책의 전쟁》, 《스텔라에게의 일기》 등이 있다.

그의 대표작인 《걸리버 여행기》는 국내에서 주로 아동소설로 분류돼 왔고, 전체 내용 중 '소인국' 과 '거인국' 편만 축약된 채 소개되어 왔다. 그러나 원작은 '소인국' 과 '거인국' 편 외에 '하늘을 나는 섬나라' '말의 나라' 등이 포함된 전 4부작으로, 18세기 영국의 정치현실을 신랄하게 꼬집은 성인용 대작이다. 인간성의 기본적 모순인 이성적 억제와 동물적 충동 사이의 대립을 토대로, 자유와 전제국가, 진정한 신앙과 환상 사이에서 갈등을 겪고 있는 인간의 왜소한 모습을 풍자한 것이다.

– 작품 소개 및 작가 소개: 인터넷 서점

그러나 릴리펏인들은 도덕성이 결여된 자는 아무리 뛰어난 재능을 갖고 있더라도 그런 결핍을 결코 보충할 수 없으며, 따라서 그런 위험한 자에게 공적을 맡겨서는 절대로 안 된다고 생각했다.

–《걸리버 여행기》, 조너선 스위프트 지음, 이종인 옮김, 현대지성, 2023, 70쪽

◇ 문장을 그대로 베껴 써봅시다.

1 한 줄 글쓰기

필사 후 드는 자신의 생각과 느낌, 질문을 자유롭게 적어봅시다.

2 도움 질문

다음 질문에 대한 자신의 생각을 적어봅시다.

- 도덕성이 결여된 자가 어떤 영향을 미칠 수 있는지 생각해보세요.
  도덕적 가치가 부족한 사람이 사회적인 역할을 맡는다면 어떤
  문제가 발생할 수 있을까요?

- 릴리펏인들은 도덕성이 결여된 자에게 공적을 맡기면 안 된다고
  말합니다. 이에 동의하나요?

- 어떻게 도덕성을 평가하고 사회적 역할을 수행할 수 있는지
  생각해볼까요?

- 도덕성과 역할은 어떤 관련성을 가지고 있을까요?

3 질문 만들기

필사한 부분에 대해 자신만의 질문을 만들어봅시다.

4 모르는 단어 찾아보기

필사한 부분에서 모르는 단어가 있다면 사전에서 찾아
그 뜻을 적어봅시다.

철학자들은 그 자체로 크거나 작은 것은 없으며 비교에

의해서 그런 차이가 생긴다고 말했는데 과연 맞는 말이다.

만약 릴리펏 사람이 초소인국小人國에 가게 된다면 그건

운명의 여신을 즐겁게 할지 모른다. 초소인국에서 릴리펏

사람은 거인으로 보일 것이다. 내가 릴리펏 사람들에게

산악 인간으로 보였던 것처럼 말이다.

– 《걸리버 여행기》, 조너선 스위프트 지음, 이종인 옮김, 현대지성, 2023, 102쪽

◇ 문장을 그대로 베껴 써봅시다.

◇ 자신의 생각과 느낌을 자유롭게 적어봐도 좋고
주어진 질문에 하나씩 답해보아도 좋습니다.

1 한 줄 글쓰기

필사 후 드는 자신의 생각과 느낌, 질문을 자유롭게 적어봅시다.

2 도움 질문

다음 질문에 대한 자신의 생각을 적어봅시다.

- 작품에서 언급된 "소인국"과 "거인"의 관점 변화는 어떤 의미를
  지니고 있을까요? 철학자들은 크거나 작은 것이 비교에 의해
  생기는 것이라고 말합니다. 이에 동의하나요?

- 우리는 어떤 기준으로 크거나 작은 것을 판단하고 비교할 수
  있을까요? 그리고 크거나 작음은 우리의 관점과 경험에 어떤
  영향을 받을까요?

- 이 소설에서는 거인으로 보이는 괴물이 다른 나라에서는
  소인으로 보일 수 있다고 말합니다. 이는 어떤 의미에서 우리의
  관점과 경험의 한계, 아직 발견하지 못한 세계의 존재에 대해
  이야기하고 있을까요?

3 질문 만들기

필사한 부분에 대해 자신만의 질문을 만들어봅시다.

4 모르는 단어 찾아보기

**필사한 부분에서 모르는 단어가 있다면 사전에서 찾아
그 뜻을 적어봅시다.**

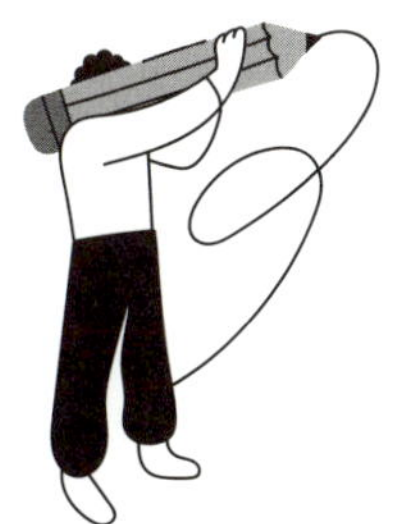

우리는 서로 반대로 작용하는 것을 무수히 먹습니다.

배고프지 않을 때도 먹고, 목마르지 않을 때도 마십니다.

밤새 아무것도 먹지 않고 독한 술을 마시기도 합니다.

그래서 우리는 나태해지고, 몸에 염증이 생기고, 소화가

너무 빨리 되거나 아예 잘되지 않습니다.

–《걸리버 여행기》, 조너선 스위프트 지음, 이종인 옮김, 현대지성, 2023, 310쪽

◇ 문장을 그대로 베껴 써봅시다.

◇ 자신의 생각과 느낌을 자유롭게 적어봐도 좋고
주어진 질문에 하나씩 답해보아도 좋습니다.

1 한 줄 글쓰기

필사 후 드는 자신의 생각과 느낌, 질문을 자유롭게 적어봅시다.

2 도움 질문

다음 질문에 대한 자신의 생각을 적어봅시다.

- 우리는 왜 종종 필요하지 않은데도 음식을 먹거나 술을 마시는
  행동을 하게 될까요? 일상에서 이런 행동을 줄이기 위한 방법에는
  무엇이 있을까요?

– 이 글에서 언급된 '나태함'과 '몸의 이상'(염증, 소화 장애 등)은
잘못된 식습관과 어떤 관련이 있을까요? 여러분은 건강한
식습관을 위해 어떤 노력을 하고 있나요?

3 질문 만들기

필사한 부분에 대해 자신만의 질문을 만들어봅시다.

4 모르는 단어 찾아보기

**필사한 부분에서 모르는 단어가 있다면 사전에서 찾아
그 뜻을 적어봅시다.**

　하지만 그대들은 그런 이성을 엉뚱한 곳에다 사용했어.
타고난 타락한 모습을 더욱 악화시키고, 애초에 자연이
부여하지도 않은 새로운 타락을 얻으려는 일 이외에는
전혀 사용하지 않았지. 그대들은 자연이 부여한 몇 안
되는 능력을 스스로 제거하고 태생적인 결점만 더욱
확대시켰네. 게다가 그런 결점을 진귀한 발명품으로
보충하려고 헛되이 노력하며 평생을 보내는 것처럼
보이네.

-《걸리버 여행기》, 조너선 스위프트 지음, 이종인 옮김, 현대지성, 2023, 496쪽

◇ 문장을 그대로 베껴 써 봅시다.

◇ 자신의 생각과 느낌을 자유롭게 적어봐도 좋고
주어진 질문에 하나씩 답해보아도 좋습니다.

1 한 줄 글쓰기

필사 후 드는 자신의 생각과 느낌, 질문을 자유롭게 적어봅시다.

2 도움 질문

다음 질문에 대한 자신의 생각을 적어봅시다.

- 걸리버는 인간이 이성을 잘못 사용한다고 비판합니다. 여러분은
  인간이 가진 이성의 한계와 오용에 대해 어떻게 생각하나요?

- 자연이 부여하지 않은 결점을 인간이 스스로 만들어내고, 이를
  발명품으로 보충하려 한다는 말은 현대 사회의 어떤 모습과 닮아
  있나요?

- 인간이 본래 가진 능력을 스스로 제거하고 결점을 확대시킨다는
  이 비판에서, 우리가 자기 성찰을 통해 배울 수 있는 점은
  무엇일까요?

3 질문 만들기

필사한 부분에 대해 자신만의 질문을 만들어봅시다.

4 모르는 단어 찾아보기

**필사한 부분에서 모르는 단어가 있다면 사전에서 찾아
그 뜻을 적어봅시다.**

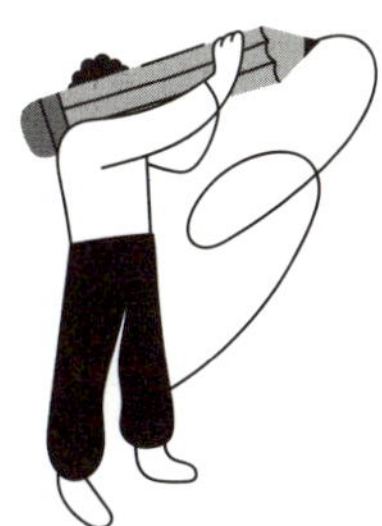

변호사, 소매치기, 귀족, 도박꾼, 정치가, 창녀, 의사, 위증자, 변호사 등의 인간들을 볼 때 나는 혐오감을 느끼지는 않는다. 그것들은 자연적인 원리에 따라서 행동하기 때문이다. 소위 이성적인 척하는 짐승이 그런 엄청난 짓을 저지른다면 그건 정말 극악무도한 일이야.

왜냐하면 타고난 야만성보다 정신적 능력의 타락이 더 나쁜 것이니까 말이야.

－《걸리버 여행기》, 조너선 스위프트 지음, 이종인 옮김, 현대지성, 2023, 1187쪽

◇ 문장을 그대로 베껴 써봅시다.

◇ 자신의 생각과 느낌을 자유롭게 적어봐도 좋고
주어진 질문에 하나씩 답해보아도 좋습니다.

1 한 줄 글쓰기

필사 후 드는 자신의 생각과 느낌, 질문을 자유롭게 적어봅시다.

2 도움 질문

다음 질문에 대한 자신의 생각을 적어봅시다.

- 작가는 왜 정신적 능력의 타락이 타고난 야만성보다 나쁜
  것이라고 주장할까요? 이 주장이 어떤 의미를 가질까요?

- 이 문장에서 작가는 어떤 가치를 강조하고자 하고 있을까요?
이 가치가 왜 중요한지 생각해보세요.

3 질문 만들기

필사한 부분에 대해 자신만의 질문을 만들어봅시다.

4 모르는 단어 찾아보기

**필사한 부분에서 모르는 단어가 있다면 사전에서 찾아
그 뜻을 적어봅시다.**

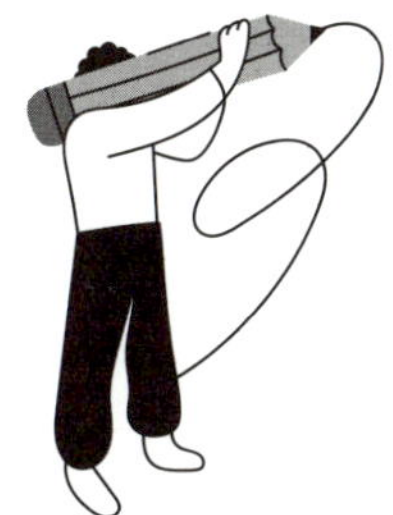

월든

✴ 작품 소개

'세계문학사상 그 유례를 찾아볼 수 없는 특이한 책'이라고 일컬 어지는 헨리 데이비드 소로의 대표작 《월든》. 소로는 하버드대학을 졸업했으나 안정된 직업을 갖지 않고 측량 일이나 목수 일 같은 정직한 육체노동으로 생계를 유지하는 것을 선호했다. 이 책은 1845년 월든 호숫가의 숲 속에 들어가 통나무집을 짓고 밭을 일구면서 소박하고 자급자족하는 생활을 2년간에 걸쳐 시도한 산물이다. 대자연의 예찬인 동시에 문명사회에 대한 통렬한 비판이며, 그 어떤 것에 의해서도 구속받지 않으려는 한 자주적 인간의 독립 선언문이기도 하다.

1852년 미국에서 처음 출간된 이 책 《월든》은 당시에는 별다른 주목을 끌지 못했지만, 오늘날 19세기에 쓰인 가장 중요한 책들 중 하나로 평가받고 있으며, 전 세계의 많은 독자들에게 읽히고 사랑받고 있다. 인도의 성자 마하트마 간디, 미국의 시인 로버트 프로스트뿐 아니라 우리나라에서도 법정 스님, 한비야 씨 등 많은 이들을 감동시키는 동시에 책 읽기의 즐거움을 선사해왔다.

소로는 근래 21세기에 더욱 중요시되는 환경보호운동의 실질적인 최초의 주창자이며 그가 주창한 단순한 생활, 절대적인 자유의 추구, 자연과 너불어 항상 깨어있기, 실전을 통한 교육 등은 세월이 바뀌어도 지성인들의 꾸준한 사랑을 받으며 현대인들에게 시사점을 주어왔다. 자연과 조화를 이루는 삶, 소박하고 검소한 삶만이 인간에게 진정한 행복을 가져다줄 것이라는 소로의 사상을 아름다운 문장으로 담아낸 《월든》은 출세지상주의와 배금주의의 헛된 환상에 시달리는 현대의 독자들에게 깊은 깨우침과 위안을 안겨준다.

✻ 작가 소개

헨리 데이비드 소로는 1817년, 미국 독립운동의 발상지인 메사추세츠 주의 콩코드에서 태어났다. 하버드대학을 졸업하고 일정한 직업 없이 다양한 노동으로 생계를 유지하다가, 외딴 숲속 월든 호숫가에 손수 오두막을 짓고 2년 2개월 2일(1845년 7월~1847년 9월)간을 살았다. 월든 호수에서 실험한 생활을 이야기한 열여덟 편의 에세이를 다듬어 1854년에 《월든, 또는 숲속의 생활》이라는 제목으로 펴냈다. 그는 이 책이 자연과 함께한 나날에 대한 충실한 기록으로, 삶다운 삶의 요체를 보여주기 위한 글임을 강조했다. 지금까지 월든은 자연의 가치를 재평가하게 한 중요한 저작으로 평가받는다. 또한 소로가 제시한 자발적 간소화, 노예제 폐지, 시민 불복종, 자본주의적 개발 비판, 개인의 양심과 자유, 직접 행동, 비폭력 저항 등도 오늘날 우리에게 시사하는 바가 여전히 크다. 소로는 생전에는 작가로서의 명성을 얻지 못했지만 훗날 레프 톨스토이, 마하트마 간디, 마틴 루터 킹, 존 F. 케네디, 법정 스님 등에게 두루 영향을 끼쳤다. 대표작으로 《월든》, 《시민 불복종》, 《콩코드 강과 메리맥 강에서 보낸 일주일》, 《케이프 코드》 등이 있다. 1862년, 마흔네 살이라는 비교적 젊은 나이로 생을 마감했다.

– 작품 및 작가 소개: 인터넷 서점

    성장하려면 자기 무지를 깨달아야 하는데, 오로지 자신이 아는 지식만 사용하고 있으니 어떻게 알아채겠는가? (…) 세상의 평가는 우리가 자신에게 내리는 평가에 비하면 허약한 폭군이다. 사람이 자신을 어떻게 생각하느냐가 개인의 운명을 암시, 아니 결정한다. 우리는 공상과 상상이라는 서인도 제도에서 자신을 자유롭게 해야 한다. 당신에게는 그런 자기 해방을 가져올 윌버포스*가 있는가?

– 《월든》, 헨리 데이비드 소로 지음, 이종인 옮김, 현대지성, 2021, 15~17쪽

---

* 윌리엄 윌버포스(William Wilberforce)(1759년 8월 24일~1833년 7월 29일)는 영국의 정치인이다. 주요 업적은 영국의 노예제 폐지(1834년), 노예무역 폐지법 제정(1807년), 로마 가톨릭교도의 정치적 해방 지원, 선언협회 설립 등이 있다. 복음주의자 그룹의 중심인물로 해외 선교운동에도 활약했다. 그가 사망한 1833년 영국에서 노예제 폐지법안이 국회에서 통과되었으며, 이듬해 대영제국 전역에서 노예제가 완전히 폐지되었다. (위키백과 참조)

◇ 문장을 그대로 베껴 써봅시다.

◇ 자신의 생각과 느낌을 자유롭게 적어봐도 좋고
주어진 질문에 하나씩 답해보아도 좋습니다.

1

필사 후 드는 자신의 생각과 느낌, 질문을 자유롭게 적어봅시다.

2

다음 질문에 대한 자신의 생각을 적어봅시다.

- 작가는 자기 무지를 깨달아야 성장할 수 있다고 말합니다. 우리가
  자신이 아는 지식에만 의존하고 있다면, 어떻게 자기 무지를
  알아챌 수 있을까요?

- 우리는 어떻게 새로운 지식을 탐구하고, 다양한 시각과 경험을
  통해 자기 인식을 넓힐 수 있을까요?

- 이 작품에서는 자신에 대한 평가의 중요성에 대해 언급합니다.
  왜 세상의 평가보다는 자신이 어떻게 생각하는지가 더 중요한지
  생각해보세요.

3 질문 만들기

필사한 부분에 대해 자신만의 질문을 만들어봅시다.

4 모르는 단어 찾아보기

**필사한 부분에서 모르는 단어가 있다면 사전에서 찾아
그 뜻을 적어봅시다.**

  이처럼 인생의 가장 좋은 시기를 돈 버느라고 다

보내고 나서 가장 가치 없는 시기에 의심스러운 자유를

누리겠다고 하는 것은 어떤 영국인의 에피소드를

생각나게 하지 않는가. 그는 먼저 돈을 벌기 위해

인도로 갔다. 나중에 영국으로 돌아와 시인의 삶을 살기

위해서였다. 그러나 그는 인도로 갈 게 아니라 지금 당장

다락방으로 올라가 시를 썼어야 마땅했다.

– 《월든》, 헨리 데이비드 소로 지음, 이종인 옮김, 현대지성, 2021, 75쪽

◇ 문장을 그대로 베껴 써봅시다.

◇ 자신의 생각과 느낌을 자유롭게 적어봐도 좋고
주어진 질문에 하나씩 답해보아도 좋습니다.

1 한 줄 글쓰기

필사 후 드는 자신의 생각과 느낌, 질문을 자유롭게 적어봅시다.

2 도움 질문

다음 질문에 대한 자신의 생각을 적어봅시다.

- 작가는 시간과 선택의 중요성에 대해 이야기하고 있습니다.
  특정한 시간에 무엇을 할지 어떤 기준으로 정할 수 있을까요?

– 지금 여러분이 집중해야 할 일은 무엇이라고 생각하나요?

3 질문 만들기

필사한 부분에 대해 자신만의 질문을 만들어봅시다.

4 모르는 단어 찾아보기

필사한 부분에서 모르는 단어가 있다면 사전에서 찾아

그 뜻을 적어봅시다.

나는 의도적인 삶을 살고 싶었으므로 숲속으로

들어갔다. 삶의 본질적인 사실을 직면하고, 삶이 내게

가르쳐주는 것을 배울 수 있을지를 살폈다. 죽을 때가

되어서야 내가 온전한 삶을 살지 못했음을 자각하고 싶진

않았기 때문이다. 삶은 너무나 소중한 것이기에 나는 삶이

아닌 것은 살고 싶지 않았다. 나는 불가피하지 않는 한,

이런 목표를 단념하고 싶지 않았다.

–《월든》, 헨리 데이비드 소로 지음, 이종인 옮김, 현대지성, 2021, 121쪽

◇ 자신의 생각과 느낌을 자유롭게 적어봐도 좋고
주어진 질문에 하나씩 답해보아도 좋습니다.

1

필사 후 드는 자신의 생각과 느낌, 질문을 자유롭게 적어봅시다.

2

다음 질문에 대한 자신의 생각을 적어봅시다.

- 작가는 왜 의도적인 삶을 살고자 했고, 숲속으로 들어갔을까요?
  의도적인 삶을 추구하는 것이 왜 중요한지 생각해보세요.

- 주인공은 삶의 가치를 중요하게 여기고, 단념하지 않으려는
  의지를 보여줍니다. 우리는 어떻게 삶의 가치와 목표를 발견하고,
  그것을 위해 노력하며 희망을 품을 수 있을까요?

3 질문 만들기

필사한 부분에 대해 자신만의 질문을 만들어봅시다.

4 모르는 단어 찾아보기

**필사한 부분에서 모르는 단어가 있다면 사전에서 찾아
그 뜻을 적어봅시다.**

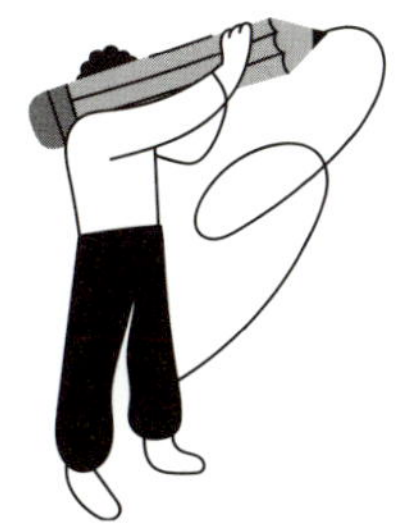

　인간은 언제나 자기 영혼이 하는 진실한 얘기를 들어야 한다. 그것은 희미하지만 꾸준한 소리다. 그 소리에 귀를 기울일 때 처음에는 어떤 극단이나 광기 쪽으로 인도하지 않을까 우려할 수도 있으나 결국 그렇지 않다는 것을 알게 된다. 우리가 믿음으로 단호하게 대하면 오히려 그쪽이 우리가 나아가야 할 길임을 깨닫는다.

– 《월든》, 헨리 데이비드 소로 지음, 이종인 옮김, 현대지성, 2021, 286쪽

◇ 자신의 생각과 느낌을 자유롭게 적어봐도 좋고
주어진 질문에 하나씩 답해보아도 좋습니다.

1 한 줄 글쓰기

필사 후 드는 자신의 생각과 느낌, 질문을 자유롭게 적어봅시다.

2 도움 질문

다음 질문에 대한 자신의 생각을 적어봅시다.

- "자기 영혼이 하는 진실한 얘기"란 무엇이라고 생각하나요?
  여러분은 자신의 내면의 소리에 귀 기울인 경험이 있나요?

- 처음에는 내면의 소리가 극단이나 광기로 느껴질 수 있다고
  했습니다. 왜 우리는 자신의 진짜 마음을 믿는 것이 두려울 때가
  있을까요?

- 소로는 믿음을 가지고 자신의 내면을 따를 때, 그것이 올바른
  길임을 알게 된다고 말합니다. 여러분이 스스로의 믿음을 따라
  결정을 내렸던 경험을 나눠보세요. 그 결과는 어땠나요?

3 질문 만들기

필사한 부분에 대해 자신만의 질문을 만들어봅시다.

4 모르는 단어 찾아보기

**필사한 부분에서 모르는 단어가 있다면 사전에서 찾아
그 뜻을 적어봅시다.**

왜 우리는 이처럼 성공하려고 절망적일 정도로 서두르고 또 그로 인해 절망적인 일들을 저지르는가? 만약 어떤 사람이 동료들과 보조를 맞추지 않는다면, 그것은 그가 다른 북소리를 듣고 있기 때문이다. 그 사람에게 자신이 듣는 음악 소리에 따라 걷게 하라.

–《월든》, 헨리 데이비드 소로 지음, 이종인 옮김, 현대지성, 2021, 422쪽

◇ 자신의 생각과 느낌을 자유롭게 적어봐도 좋고
주어진 질문에 하나씩 답해보아도 좋습니다.

1 　한 줄 글쓰기

필사 후 드는 자신의 생각과 느낌, 질문을 자유롭게 적어봅시다.

2 　도움 질문

다음 질문에 대한 자신의 생각을 적어봅시다.

- "다른 북소리를 듣고 있다"는 말은 각자가 다른 목표와 가치를
 가질 수 있음을 의미합니다. 여러분은 자신만의 '북소리'-즉,
 자신만의 신념이나 목표-를 따라 살아가고 있나요?

- 남들과 보조를 맞추지 않고 자신만의 길을 걷는 것에는 어떤
  용기와 어려움이 따를까요? 여러분이 주체적으로 선택한 경험이
  있다면 나눠보세요.

3 질문 만들기

필사한 부분에 대해 자신만의 질문을 만들어봅시다.

4 모르는 단어 찾아보기

필사한 부분에서 모르는 단어가 있다면 사전에서 찾아

그 뜻을 적어봅시다.

올리버 트위스트

✳ 작품 소개

'고아원 소년의 여정'이라는 부제가 달린 이 작품은 찰스 디킨스 특유의 생생한 인물 묘사와 희극적 요소를 통해 19세기 영국 산업 혁명 시대를 살아가는 고아 소년의 인생 역정을 그리고 있다. 뿐만 아니라 구빈원이나 범죄 세계 같은 사회적·도덕적 악을 더욱 깊이 다루면서 당시 영국 사회의 불평등한 계층화와 산업화의 폐해를 예리한 시각으로 비판하여 대중의 공감을 끌어냈다. 특히 이 작품은 1834년 시행된 신 구빈법을 통렬하게 풍자하고 비판했다.

디킨스 작품에 나타난 인물과 배경에 관한 상상적 효과는 독창적 삽화가들에 의해 한층 증가되었다. 《올리버 트위스트》에도 19세기 최고의 삽화가였던 조지 크룩생크의 삽화가 24장 수록되어 당시의 배경을 유추하는 데 큰 도움을 준다. 이러한 효과에 힘입어 이 작품은 영화, 뮤지컬, 연극 등으로 각색되어 폭넓은 독자층 또한 확보했다.

✳ 작가 소개

찰스 디킨스는 1812년 영국 포츠머스의 해군 경리국에서 근무하는 하급 관리의 장남으로 태어났다. 그가 열두 살 때, 호인이었으나 생활력이 없었던 아버지가 빚을 지고 투옥하는 바람에 집안 형편이 어려워져 학교를 다니지 못하고 구두약 공장에서 열 시간씩 일하게 되었다. 이때의 경험이 훗날 그의 작품에 큰 영향을 끼쳤다.

열다섯 살에 변호사 사무소의 사환, 법원 속기사를 거친 끝에 신문기자가 되어 의회에 관한 기사를 쓰게 되었다. 또한, 청소년기부터 고전을 탐독하면서 일찍이 문학에 눈을 떴고 이에 기자 생활을 하며 쌓은 경험이 더해져 풍부한 관찰력과 식견을 갖추었다. 1833년 잡지에 단편을 투고해 당선된 데 힘입어 계속해서 다양한 작품을 발표했다. 1836년 발표한 단편을 모아 《보즈의 스케치》를 출간했다.

그는 스물네 살에 신진작가로 화려하게 문단에 데뷔했다. 다음 해에 완성한 장편소설 《피크위크 클럽의 기록》(1837)에는 그의 뛰어난 유머 감각이 발현돼 폭발적인 인기를 얻었다. 다음 작품인 《올리버 트위스트》(1838)는 베스트셀러가 되어 작가로서 확고한 위치를 확립했다. 그 후 영국과 미국의 각계각층 독자의 호응에 보답해 《니콜라스 니클비》(1839), 《골동품 상점》(1842), 〈크리스마스 캐럴〉(1843) 등 중·장편소설을 연이어 발표해 명성을 떨쳤다. 몸소 체험한 사회 밑바닥 생활상을 생생하게 묘사하고 세상의 부정과 모순을 용감하게 비판했던 그는 1850년부터 이전 작품과 성격이 조금 다른 《데이비드 코퍼필드》(1850), 《황폐한 집》(1852), 《위대한 유산》(1861) 등을 집필했다. 이외에도 다수의 소설과 수필을 남겼다. 작품을 쓰는 일뿐만 아니라 잡지사 경영, 자선 사업, 연극 상연, 자작품 공개 낭독회, 각 지방의 여행 등 다양한 활동을 하다가 1870년 6월 9일 세상을 떠났다. 소박한 평민이나 교양 있는 사람들, 빈민층을 막론하고 누구나 동감하는 작품을 써서 생전에 폭넓은 인기를 누렸던 그는 현재 영국이 낳은 가장 위대한 소설가로 평가받고 있다.

《올리버 트위스트》 필사하기

우리의 보편적 본성에는 최상과 최악의 색조들이 뒤섞여 있다. 상당 부분이 추악한 색조를 띠지만, 가장 아름다운 무언가를 보여주기도 한다. 그것은 하나의 모순이자 변칙이며, 일견 불가능으로 보이기도 하지만, 그것이 진실이다. 그것이 의심 받는다면 나로서는 도리어 기쁘다. 왜냐하면 나는 그런 상황이야말로 그것이 이야기될 필요가 있다는 확신을 얻기 때문이다.

– 《올리버 트위스트》, 찰스 디킨스 지음, 유수아 옮김, 현대지성, 2021, 16쪽

◇ 문장을 그대로 베껴 써봅시다.

1 한 줄 글쓰기

필사 후 드는 자신의 생각과 느낌, 질문을 자유롭게 적어봅시다.

2 도움 질문

다음 질문에 대한 자신의 생각을 적어봅시다.

- "우리의 보편적 본성에는 최상과 최악의 색조들이 뒤섞여
  있다"는 말은 인간의 본성에 대해 어떤 생각을 하게 하나요?
  여러분은 자신이나 타인에게서 이런 모순된 모습을 본 적이
  있나요?

- 인간의 본성이 '아름다움'과 '추악함'을 동시에 지닌다는 점에서,
우리는 타인이나 자신을 어떻게 바라봐야 할까요? 용서와 이해,
혹은 자기 성찰의 관점에서 생각해보세요.

3 질문 만들기

필사한 부분에 대해 자신만의 질문을 만들어봅시다.

4 모르는 단어 찾아보기

**필사한 부분에서 모르는 단어가 있다면 사전에서 찾아
그 뜻을 적어봅시다.**

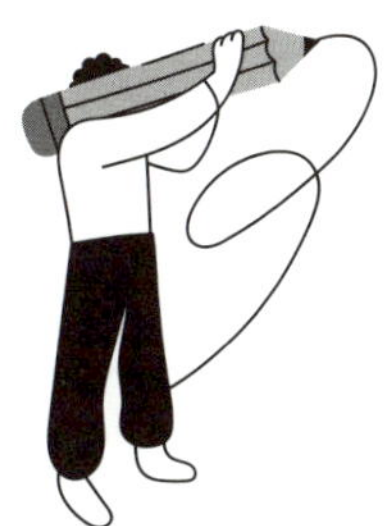

과연! 아기 올리버 트위스트에게 옷이 부여하는 힘은 엄청났다. 차라리 달랑 담요 강보에 싸인 채로 있었다면 귀족의 아기인지 거지의 아기인지 아무도 몰랐지 않겠는가! 아무리 콧대 높은 귀족이라 할지라도 담요 한 장에 감싸인 아기라면 어떤 사회 계급의 아기인지 한눈에 알아보기 힘들 터였다. 그러나 이제 누렇게 변색된 낡은 무명옷을 입게 된 올리버 트위스트는 한순간에 계급이 결정되어 낙인찍혀 버렸다.

–《올리버 트위스트》, 찰스 디킨스 지음, 유수아 옮김, 현대지성, 2021, 21쪽

◇ 문장을 그대로 베껴 써봅시다.

1 한 줄 글쓰기

필사 후 드는 자신의 생각과 느낌, 질문을 자유롭게 적어봅시다.

2 도움 질문

다음 질문에 대한 자신의 생각을 적어봅시다.

- 올리버 트위스트의 입장을 떠올려보세요. 당신의 외모와 옷차림에
  따라 평가받는다면 어떨 것 같나요?

- 현대에도 계급의 구별이 있다고 생각하나요?

- 올리버 트위스트가 담요만 두르고 있을 때는 신분을 알 수
  없었지만, 낡은 무명옷을 입자마자 계급이 결정되었다는
  점에서, 당시 사회에서 옷이 어떤 역할을 했는지 생각해보세요.
  오늘날에도 외모나 옷차림이 사람을 판단하는 기준이 되는
  사례가 있을까요?

- 만약 올리버가 계속 담요에 싸여 있었다면 그의 삶은 어떻게
  달라졌을까요? 외적인 모습 때문에 오해를 받거나 평가받은 적이
  있다면 이야기해보세요.

3 질문 만들기

필사한 부분에 대해 자신만의 질문을 만들어봅시다.

4 모르는 단어 찾아보기

**필사한 부분에서 모르는 단어가 있다면 사전에서 찾아
그 뜻을 적어봅시다.**

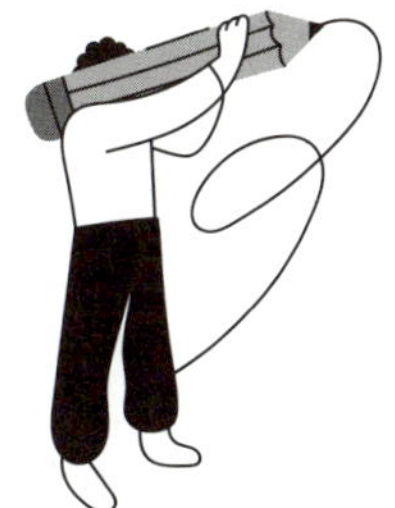

불행하게도 올리버 트위스트를 맡게 된 노부인도 자신의 경험주의 철학 이론에서 비슷한 결과를 내고 있었다.

한 아이가 아주 부실하고 매우 적은 양의 음식으로 용케 버텨 낸다 하더라도 십중팔구는 굶주림과 추위에 병들거나 방임으로 인해 불 속으로 넘어진다거나 숨이 막히는 사고를 당했다.

어느 경우든지 보통 이 처참한 어린 생명은 저세상으로 불려가서 이 세상에서는 알지도 못했던 조상들을 만나게 되는 것이었다.

–《올리버 트위스트》, 찰스 디킨스 지음, 유수아 옮김, 현대지성, 2021, 24쪽

◇ 문장을 그대로 베껴 써봅시다.

1 한 줄 글쓰기

필사 후 드는 자신의 생각과 느낌, 질문을 자유롭게 적어봅시다.

2 도움 질문

다음 질문에 대한 자신의 생각을 적어봅시다.

- 노부인은 왜 아이들에게 충분한 음식을 주지 않았을까요? 당시
  사회의 어떤 문제점이 이 장면에 반영되어 있다고 생각하나요?

- 굶주림과 방임으로 인해 아이들이 위험에 처하는 현실을
  디킨스는 어떻게 풍자하고 있나요? 이런 묘사를 통해 작가는
  무엇을 비판하려 했을까요?

- 올리버와 같은 아이들이 처한 비참한 상황을 오늘날의 사회적
  약자 문제와 연결해볼 수 있을까요? 여러분이 생각하는 사회적
  보호의 중요성은 무엇인가요?

3 질문 만들기

필사한 부분에 대해 자신만의 질문을 만들어봅시다.

4 모르는 단어 찾아보기

**필사한 부분에서 모르는 단어가 있다면 사전에서 찾아
그 뜻을 적어봅시다.**

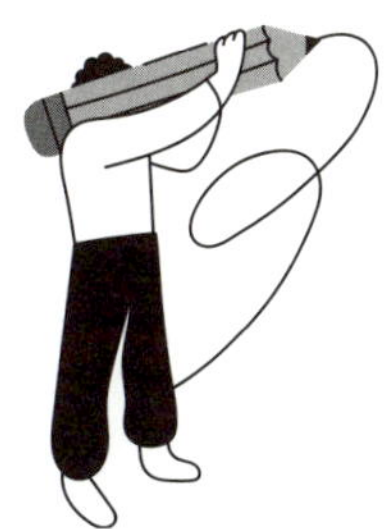

비록 이와 같은 법정에서 재판을 주재하는 주재자가
우리 여왕 폐하의 백성, 특히 가난한 하층민들에 대해
자유와 명예, 인격, 심지어 목숨에 이르기까지 독단적으로
즉결하는 권력을 행사하지만, 그리고 비록 이렇게 사방이
벽으로 막힌 공간 안에서 천사들마저 눈물로 앞을 가릴
만한 아주 환상적인 속임수들이 날마다 행해지지만,
이 모든 상황은 대중들에게 가려져 있어서 신문이라는
매체를 통하지 않고서는 알려지지 않았다.

– 《올리버 트위스트》, 찰스 디킨스 지음, 유수아 옮김, 현대지성, 2021, 209쪽

1 한 줄 글쓰기

필사 후 드는 자신의 생각과 느낌, 질문을 자유롭게 적어봅시다.

2 도움 질문

다음 질문에 대한 자신의 생각을 적어봅시다.

- "인용문에서 묘사된 법정과 재판의 모습은 당시 사회의 어떤
  문제점을 보여주고 있나요? 오늘날에도 비슷한 사회적 부조리가
  존재한다고 생각하나요?

- "신문이라는 매체를 통하지 않고서는 알려지지 않았다"는
  구절에서 언론의 역할은 무엇이라고 볼 수 있나요? 언론이 사회
  정의 실현에 미치는 영향에 대해 토론해보세요.

- 가난한 하층민들이 자유와 명예, 심지어 목숨까지 위협받는
  현실을 디킨스는 어떻게 비판하고 있나요? 이런 상황에서
  사회적 약자를 보호하기 위한 제도적 장치는 무엇이 필요하다고
  생각하나요?

3 질문 만들기

필사한 부분에 대해 자신만의 질문을 만들어봅시다.

4 모르는 단어 찾아보기

**필사한 부분에서 모르는 단어가 있다면 사전에서 찾아
그 뜻을 적어봅시다.**

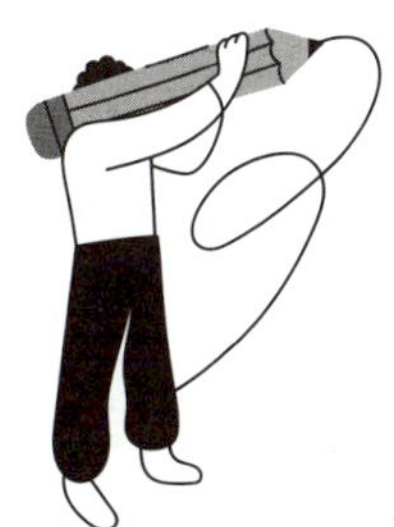

올리버는 두려움에 발작적으로 책을 덮고 멀리
밀쳐버렸다. 그러고 나서 무릎을 꿇고 이런 짓은 절대
하지 않게 해달라고 빌었다. 만약 이토록 무섭고
경악스러운 범죄를 저지를 운명이라면 차라리 당장 죽게
해달라고 말이다. 올리버는 차츰차츰 안정을 되찾으면서
나지막하고 떨리는 목소리로 지금 처한 위험으로부터도
구해주실 것을 빌었다.

-《올리버 트위스트》, 찰스 디킨스 지음, 유수아 옮김, 현대지성, 2021, 231쪽

◇ 문장을 그대로 베껴 써봅시다.

◇ 자신의 생각과 느낌을 자유롭게 적어봐도 좋고
주어진 질문에 하나씩 답해보아도 좋습니다.

1 한 줄 글쓰기

필사 후 드는 나의 생각과 느낌을 적어봅시다.

2 도움 질문

다음 질문에 대한 자신의 생각을 적어봅시다.

- 올리버가 "이토록 무섭고 경악스러운 범죄를 저지를 운명이라면
  차라리 죽게 해달라"고 기도한 이유는 무엇일까요? 올리버의
  두려움과 절망은 어떤 상황에서 비롯된 것인지 생각해보세요.

- 올리버는 위험한 상황에서 자신을 구해달라고 간절히 빌었습니다.
여러분이 힘든 상황에 처했을 때 의지하거나 기댄 대상(사람, 신념,
행동 등)은 무엇이었나요?

3 질문 만들기

필사한 부분에 대해 자신만의 질문을 만들어봅시다.

4 모르는 단어 찾아보기

**필사한 부분에서 모르는 단어가 있다면 사전에서 찾아
그 뜻을 적어봅시다.**

지킬 박사와 하이드 씨

✳ 작품 소개

《지킬 박사와 하이드 씨》는 100년이 넘는 시간 동안 인간의 이중성을 다룬 이야기의 대명사로 꼽히며 영화, 뮤지컬, 드라마 등 다양한 장르의 모티프로 사랑받아 온 고전이다.

어느 날 안개 낀 런던에서 끔찍한 사건이 일어난다. 용의자로 떠오르는 사람은 바로 하이드라는 이름의 사내. 변호사 어터슨은 사건을 밝히는 도중 자신의 절친한 친구이자 런던에서 명망 높은 지킬 박사가 하이드와 비밀스럽게 얽혀 있다는 걸 알게 된다. 1886년에 출간된 직후 반전 있는 결말과 충격적인 이야기 전개로 많은 대중들에게서 사랑받은 작품이다.

✳ 작가 소개

로버트 루이스 스티븐슨은 1850년 스코틀랜드의 수도 에든버러에서 토목기사의 아들로 태어났다. 17세 때 아버지 뜻에 따라 에든버러 공과대학에 입학했으나 곧 전공을 법학으로 바꿨다. 1875년에 자신의 여행담을 기록한 첫 작품집 《내륙 기행》을 펴냈다. 여행은 그에게 매우 중요한 창작의 원천이 되었으며, 이후 꾸준히 여행에 관련한 이야기를 집필했다.

어릴 때부터 병약했던 그는 가족과 함께 결핵 치료차 스위스 다

보스에 가게 되고, 그곳에서 의붓아들 로이드를 위해 《보물섬》 집필에 몰두했다. 1883년에 《보물섬》이 출간되자마자 그는 단번에 인기 작가로 명성을 높이게 되고, 이어 《지킬 박사와 하이드 씨》 등 많은 화제작을 발표했다. 1888년, 건강이 악화된 스티븐슨은 아내와 함께 고국을 떠나 남태평양의 사모아 제도에서 숨을 거둘 때까지 그곳에서 살았다. '베일리마'라고 이름을 붙인 그곳에서 그는 원주민에게 추장으로 불리며 존경을 받았다.

주요 작품으로는 《유괴》, 《발란트래 경》과 말년에 사모아 제도를 여행하며 쓴 《팔레사의 해변》, 《썰물》 등의 여행기가 있다.

– 작품 소개 및 작가 소개: 인터넷 서점

　불쌍한 지킬, 아무래도 상당히 곤란한 상황인 것 같군.
그 친구도 젊었을 때는 제멋대로 굴었었지. 아주 오래전
일이지만 역시 신의 심판 앞에선 시효가 없나 보군. 그래,
그거야. 과거에 저지른 범죄의 유령과 아무에게도 알리지
못한 부끄러운 암덩어리가 나타나고 만 거야. 복수의
여신은 절뚝거리는 다리로 뒤늦게 찾아온다더니, 오랜
시간이 흘러 기억이 흐려지고 자신의 죄를 스스로 용서한
뒤에도 끝내 찾아오고야 마는군.

－《지킬 박사와 하이드 씨》, 로버트 루이스 스티븐슨 지음,
한에스더 옮김, 허밍버드, 2019, 31쪽

◇ 자신의 생각과 느낌을 자유롭게 적어봐도 좋고
주어진 질문에 하나씩 답해보아도 좋습니다.

1 한 줄 글쓰기

필사 후 드는 자신의 생각과 느낌, 질문을 자유롭게 적어봅시다.

2 도움 질문

다음 질문에 대한 자신의 생각을 적어봅시다.

- "과거에 저지른 범죄의 유령과 아무에게도 알리지 못한 부끄러운
  암덩어리"라는 표현에서, 인간이 과거의 잘못을 잊지 못하고
  죄책감을 느끼는 이유는 무엇일까요?

- "복수의 여신은 절뚝거리는 다리로 뒤늦게 찾아온다더니"라는
  말은 어떤 의미를 담고 있을까요? 시간이 지나도 죄와 책임이
  사라지지 않는다는 점에 대해 어떻게 생각하나요?

- 지킬 박사의 상황을 통해, 여러분은 자신의 잘못이나 실수에
  대해 어떻게 반성하고 극복하려 노력하나요? 용서와 자기 성찰의
  중요성에 대해 생각해보세요.

3 질문 만들기

필사한 부분에 대해 자신만의 질문을 만들어봅시다.

4 모르는 단어 찾아보기

**필사한 부분에서 모르는 단어가 있다면 사전에서 찾아
그 뜻을 적어봅시다.**

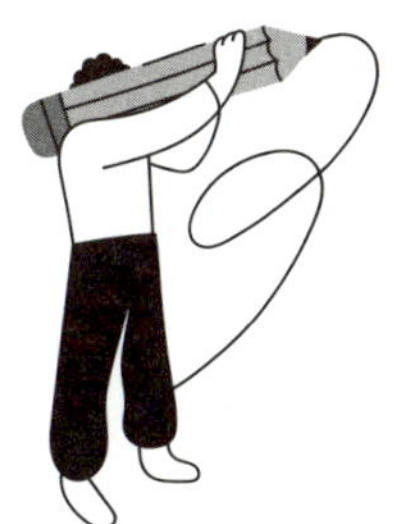

《지킬 박사와 하이드 씨》 필사하기

　내 안에 존재하는 두 자아를 분리하게 될 기적이 가능하리라 믿으면서 기뻐도 했고, 두 개의 나를 두 개의 전혀 다른 자아에 가둘 수만 있다면 끔찍한 고통에서 벗어나게 되리라 나 자신을 설득했네. 사악한 나는 정직한 내가 느끼는 죄책감을 잊고 자유로이 살 테고, 정직한 나는 기꺼이 선행을 베풀며 정상을 향해 안정적으로 나아갈 수 있지 않겠나.

– 《지킬 박사와 하이드 씨》, 로버트 루이스 스티븐슨 지음,
한에스더 옮김, 허밍버드, 2019, 103쪽

◇ 자신의 생각과 느낌을 자유롭게 적어봐도 좋고
주어진 질문에 하나씩 답해보아도 좋습니다.

1 한 줄 글쓰기

필사 후 드는 자신의 생각과 느낌, 질문을 자유롭게 적어봅시다.

2 도움 질문

다음 질문에 대한 자신의 생각을 적어봅시다.

- 지킬 박사는 왜 자신의 안에 있는 두 자아를 분리하고 싶어
  했을까요? 인간이 선과 악, 서로 다른 감정을 동시에 지니는 것에
  대해 어떻게 생각하나요?

- "사악한 나는 죄책감을 잊고 자유로이 살 테고, 정직한 나는
  선행을 베풀며 안정적으로 나아갈 수 있다"는 지킬의 생각에는
  어떤 위험과 한계가 있을까요?

- 여러분도 자신의 내면에서 서로 다른 욕구나 감정이 충돌하는
  경험을 한 적이 있나요? 그런 상황에서 어떻게 균형을 잡으려
  노력했는지 생각해보세요.

3 질문 만들기

필사한 부분에 대해 자신만의 질문을 만들어봅시다.

4 모르는 단어 찾아보기

**필사한 부분에서 모르는 단어가 있다면 사전에서 찾아
그 뜻을 적어봅시다.**

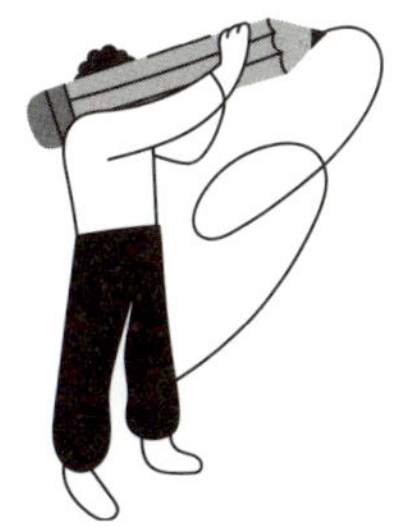

인간의 어깨에는 어쩔 수 없이 삶의 고뇌라는 짐이
지워져 있어서라네. 벗어버리려 몸부림칠수록 그 짐은
결국 훨씬 심각하고 어려운 문제가 되어 우리에게
되돌아오고 말지.

–《지킬 박사와 하이드 씨》, 로버트 루이스 스티븐슨 지음,
한에스더 옮김, 허밍버드, 2019, 104쪽

◇ 문장을 그대로 베껴 써봅시다.

◇ 자신의 생각과 느낌을 자유롭게 적어봐도 좋고
주어진 질문에 하나씩 답해보아도 좋습니다.

1 한 줄 글쓰기

필사 후 드는 자신의 생각과 느낌, 질문을 자유롭게 적어봅시다.

2 도움 질문

다음 질문에 대한 자신의 생각을 적어봅시다.

- "인간의 어깨에는 삶의 고뇌라는 짐이 지워져 있어"라는 말에
  대해 어떻게 생각하나요?

- 이는 어떤 의미에서 인간의 삶과 고난에 대한 사고를 떠올리게
  하나요?

- 이러한 짐은 어떻게 우리의 삶과 선택에 영향을 미칠 수
  있을까요?

3 질문 만들기

필사한 부분에 대해 자신만의 질문을 만들어봅시다.

4 모르는 단어 찾아보기

**필사한 부분에서 모르는 단어가 있다면 사전에서 찾아
그 뜻을 적어봅시다.**

　결국 나를 파멸로 이끌 그 진실이란, 인간은 본질적으로 하나가 아니라 둘이라는 사실이네. 내가 둘이라고 한정한 이유는 현재 내 지식으로 그 이상은 알지 못하기 때문이라네. 누군가 이 연구를 이어 갈 테고, 나보다 뛰어난 업적을 이룩하는 사람도 나오겠지. 그러면 언젠가는 인간이란 복잡한 존재이며 불균형적이고 개별적인 존재의 집합체라는 사실이 증명되리라 감히 말할 수도 있지 않겠나.

– 《지킬 박사와 하이드 씨》, 로버트 루이스 스티븐슨 지음,
한에스더 옮김, 허밍버드, 2019, 109쪽

◇ 문장을 그대로 베껴 써봅시다.

1 한 줄 글쓰기

필사 후 드는 자신의 생각과 느낌, 질문을 자유롭게 적어봅시다.

2 도움 질문

다음 질문에 대한 자신의 생각을 적어봅시다.

- 지킬 박사는 "인간은 본질적으로 하나가 아니라 둘"이라고
  말합니다. 여러분은 인간의 본성이 선과 악, 혹은 여러 자아가
  공존한다고 생각하나요? 그 이유는 무엇인가요?

- 여러분은 자신 안에 서로 다른 성격이나 감정, 충동이 충돌했던
  경험이 있나요? 그런 경험이 있다면, 어떻게 조화롭게
  받아들이거나 해결하려고 노력했는지 생각해보세요.

3 질문 만들기

필사한 부분에 대해 자신만의 질문을 만들어봅시다.

4 모르는 단어 찾아보기

**필사한 부분에서 모르는 단어가 있다면 사전에서 찾아
그 뜻을 적어봅시다.**

얼마 되지 않아 하이드는 괴물로 변하기 시작하더군. 그렇게 잠시 일탈에서 돌아올 때면, 타락한 하이드에게 대리 만족을 느끼는 내 모습에 놀라기도 했다네. 내 영혼에서 튀어나와 혼자 실컷 즐기게 된 하이드는 태생적으로 사악하고 악랄했네. 행동과 사고는 이기적이었고, 지킬마저 고문을 당하듯 괴로워할 정도로 짐승처럼 쾌락을 탐닉했으며 바위처럼 무자비했지. 결국 죄를 저지른 건 하이드였으니 지킬의 선한 면은 손상되지 않았고, 때로는 하이드가 저지른 악행을 보상하기도 했네. 따라서 양심에 거리낄 것이 없었지.

– 《지킬 박사와 하이드 씨》, 로버트 루이스 스티븐슨 지음,
한에스더 옮김, 허밍버드, 2019, 110쪽

◇ 문장을 그대로 베껴 써봅시다.

◇ 자신의 생각과 느낌을 자유롭게 적어봐도 좋고
주어진 질문에 하나씩 답해보아도 좋습니다.

1 한 줄 글쓰기

필사 후 드는 자신의 생각과 느낌, 질문을 자유롭게 적어봅시다.

2 도움 질문

다음 질문에 대한 자신의 생각을 적어봅시다.

- 지킬 박사는 하이드가 나쁜 행동을 할 때 자신이 직접 한
  일이 아니라고 생각하며 죄책감을 느끼지 않았고 대리 만족을
  느끼기도 했다고 해요. 여러분은 이런 생각에 동의하나요?
  왜 그렇게 생각하나요?

- 하이드는 지킬 박사의 또 다른 모습이지만, 아주 사악하고
  이기적으로 행동했다고 해요. 여러분은 사람 안에 선한 마음과
  나쁜 마음이 함께 있다고 생각하나요?

- 지킬 박사는 하이드가 저지른 나쁜 행동을 대신 보상하기도
  했다고 해요. 여러분이라면 누군가의 잘못을 대신 보상해야
  한다면 어떻게 할 것 같나요?

3 질문 만들기

필사한 부분에 대해 자신만의 질문을 만들어봅시다.

4 모르는 단어 찾아보기

**필사한 부분에서 모르는 단어가 있다면 사전에서 찾아
그 뜻을 적어봅시다.**

변신

✳ 작품 소개

　인간이 하루아침에 벌레로 변신한다는 소재를 토대로 실존과 부조리를 묘사하고 있다. 작가의 특성이 잘 살아 있는 대표작인 만큼 카프카의 작품들을 읽으려면 가장 먼저 읽어 봐야 하는 작품이다.

　주인공인 그레고르 잠자(Gregor Samsa)는 잠자고 일어났더니 자신이 큰갑충으로 변해 있음을 알게 된다. 혐오스러운 거대 벌레를 집 밖으로 내보낼 수도, 일을 시킬 수도 없기 때문에 그레고르는 자신의 방 안에 갇혀서 먹이를 받아먹으며 비참하고 희망 없는 삶을 살게 된다. 본래 그레고르는 외판 사원으로서 이 집의 살림을 책임지는 입장이었지만 벌레가 되어 버렸기 때문에 일할 사람이 없게 되어 가정의 살림은 극도로 궁핍해진다. 그래서 가족들은 집을 여관으로 만들고 원래부터 아름답고 바이올린 실력도 있는 편이었던 여동생 그레타가 저녁 식사에 손님들 앞에서 바이올린을 연주해 보이기도 한다. 그레고르 없는 생활이 가능해지면서 가족들은 점점 벌레가 된 그레고르를 불편한 시선으로 바라보기 시작한다. 그레고르 역시 이 상황을 이해하고는 있지만 징그러운 벌레인 그는 간단한 의사소통조차 할 수 없고 어떠한 방법으로도 이 문제를 타개할 수 없다. 결국 그레고르는 아버지가 던진 사과에 맞은 상처가 악화되어 쓸쓸히 어둠 속에서 죽음을 맞는다. 시체는 가족도 아니고 가사 도우미 할머니가 쓰레기처럼 내다 버렸다. 그레고르로 인한 고통에서 겨우 해방된 가족들이 밝은 미래를 그리며 이사를 가는 모습으로 소설은 막을 내린다.

✲ 작가 소개

20세기를 대표하는 작가이자 현대 실존주의 문학의 선구자. 카프카는 1883년 체코의 수도 프라하에서 유대인 상인의 장남으로 태어났다. 1901년 프라하대학에 입학하여 독문학과 법학을 공부했으며, 1906년 법학박사학위를 취득했다. 이후 1년간 프라하의 형사법원과 민사법원에서 실무를 익혔으며, 1908년에는 노동자산재보험공사에 취직해 14년 동안 근무하면서 직장생활과 글쓰기 작업을 병행했다. 어릴 때부터 작가를 꿈꾼 카프카는 1904년 〈어느 투쟁의 기록〉을 시작으로, 〈시골에서의 결혼 준비〉, 〈선고〉, 〈변신〉, 〈유형지에서〉 등의 단편과 《실종자》, 《소송》, 《성》 등의 미완성 장편, 그리고 작품집 《관찰》, 《시골 의사》, 《단식 광대》와 일기 등 총 3,400여 쪽에 달하는 많은 작품을 남겼다. 1917년 폐결핵 진단을 받았고 세 번의 파혼과 권위적이던 아버지와의 갈등, 신경쇠약 등에 시달리면서도 꾸준히 집필 활동에 몰두했으나, 병이 악화되어 1924년 6월 3일 오스트리아 빈 근교 키얼링의 한 요양원에서 사망했다. 카프카는 죽기 전 평생의 벗이었던 막스 브로트에게 자신의 미완성 작품을 모두 없애 달라고 부탁했지만, 브로트는 이를 지키지 않고 그의 유작들을 정리해 출간했다. 세계의 불확실성과 인간 존재의 근원적 불안과 소외의 문제에 대한 통찰을 그려낸 카프카의 작품들은 지금도 다양한 측면에서 활발하게 연구되고 재발견되고 있다.

– 작품 소개 및 작가 소개: 인터넷 서점

　어느 날 아침 그레고르 잠자가 불안한 꿈에서 깨어났을 때 그는 침대 속에서 한 마리의 흉측한 갑충으로 변해 있는 자신의 모습을 발견했다. 그는 철갑처럼 단단한 등껍질을 대고 누워 있었다. 머리를 약간 쳐들어보니 불룩하게 솟은 갈색의 배가 보였고 그 배는 다시 활 모양으로 휜 각질의 칸들로 나뉘어 있었다. 이불은 금방이라도 주르륵 미끄러져 내릴 듯 둥그런 언덕 같은 배 위에 가까스로 덮여 있었다. 몸뚱이에 비해 형편없이 가느다란 수많은 다리들은 애처롭게 버둥거리며 그의 눈앞에서 어른거렸다.

–《변신》(일러스트와 함께 읽는 세계명작), 프란츠 카프카 지음,
루이스 스카파티 그림, 이재황 옮김, 문학동네, 2005, 7쪽

1 한 줄 글쓰기

필사 후 드는 자신의 생각과 느낌, 질문을 자유롭게 적어봅시다.

2 도움 질문

다음 질문에 대한 자신의 생각을 적어봅시다.

- 그레고르 잠자가 갑자기 흉측한 갑충으로 변한 것을 알았을 때
  어떤 감정이 들었을까요? 만약 여러분이 하루아침에 전혀 다른
  존재가 된다면 어떤 생각과 감정을 느낄 것 같나요?

- 이 장면에서 '변신'은 단순한 외형의 변화일까요, 아니면 인간의
  정체성이나 존재에 대한 더 깊은 의미를 담고 있을까요? 여러분의
  생각을 이야기해보세요.

- 그레고르의 변화된 모습에 대해 가족이나 주변 사람들은 어떻게
  반응할까요? 여러분은 누군가가 갑자기 달라졌을 때 어떻게
  대할지, 혹은 그런 경험이 있다면 나눠보세요.

3 질문 만들기

필사한 부분에 대해 자신만의 질문을 만들어봅시다.

4 모르는 단어 찾아보기

**필사한 부분에서 모르는 단어가 있다면 사전에서 찾아
그 뜻을 적어봅시다.**

만약 그레고르가 말을 할 수 있었다면, 또 여동생이 그를 위해 해야 했던 모든 일에 대해 그녀에게 고마움의 뜻을 표할 수만 있었다면, 그는 그녀의 봉사를 보다 가벼운 마음으로 받아들였을 터이다. 그러나 그럴 수가 없어서 그는 괴로웠다.

– 《변신》(일러스트와 함께 읽는 세계명작), 프란츠 카프카 지음, 루이스 스카파티 그림, 이재황 옮김, 문학동네, 2005, 63쪽

1 한 줄 글쓰기

필사 후 드는 자신의 생각과 느낌, 질문을 자유롭게 적어봅시다.

2 도움 질문

다음 질문에 대한 자신의 생각을 적어봅시다.

- 그레고르가 만약 말을 할 수 있었다면, 그녀에게 무엇을 전하고
  싶었을까요?

- 그레고르는 여동생에게 고마움을 표현하지 못해 괴로워합니다.
  만약 여러분이 감사의 마음을 전하지 못했던 경험이 있다면,
  그때 어떤 기분이었나요? 감정을 표현하는 것이 왜 중요하다고
  생각하나요?

- 그레고르는 자신의 처지를 말로 설명할 수 없어서 더욱
  힘들어합니다. 가족이나 가까운 사람과 소통이 단절된 경험이
  있다면, 그때 어떤 어려움을 겪었나요?

- 여동생이 그레고르를 돌보는 과정에서 느꼈을 감정은
  무엇일까요? 여러분은 누군가를 도우면서 오해를 받거나, 도움을
  주는 일이 힘들었던 적이 있나요?

3 질문 만들기

필사한 부분에 대해 자신만의 질문을 만들어봅시다.

4 모르는 단어 찾아보기

필사한 부분에서 모르는 단어가 있다면 사전에서 찾아
그 뜻을 적어봅시다.

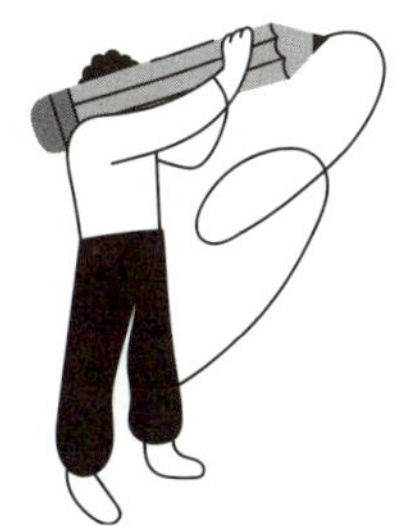

“오, 하느님! 오, 하느님!” 그 얼룩이 그레고르라는 것을 미처 깨닫기도 전이었다. 어머니는 곧 모든 것을 포기한 사람처럼 양팔을 쫙 벌린 채 소파 위로 쓰러졌고, 더 이상 꼼짝도 하지 않았다. “오빠 정말 이럴 거야!” 여동생이 주먹을 치켜들고 매서운 눈초리로 노려보며 소리쳤다. 그레고르의 변신 이래 그녀가 직접 그에게 던진 최초의 말이었다.

– 《변신》(일러스트와 함께 읽는 세계명작), 프란츠 카프카 지음, 루이스 스카파티 그림, 이재황 옮김, 문학동네, 2005, 78쪽

◇ 문장을 그대로 베껴 써봅시다.

◇ 자신의 생각과 느낌을 자유롭게 적어봐도 좋고
주어진 질문에 하나씩 답해보아도 좋습니다.

1 한 줄 글쓰기

필사 후 드는 자신의 생각과 느낌, 질문을 자유롭게 적어봅시다.

2 도움 질문

다음 질문에 대한 자신의 생각을 적어봅시다.

- 어머니와 여동생의 반응을 볼 때, 가족들은 그레고르의 변신을
  어떻게 받아들이고 있나요? 여러분이라면 가족이 갑자기 완전히
  달라졌을 때 어떤 감정이 들 것 같나요?

- 여동생이 "오빠 정말 이럴 거야!"라고 소리친 이유는
  무엇일까요? 그레고르의 변신 이후 가족 간의 관계에는 어떤
  변화가 생겼다고 생각하나요?

- 이 장면에서 가족 구성원 각자가 느끼는 절망과 분노, 혼란은
  어떤 의미를 지니고 있을까요? 여러분은 가족이나 가까운
  사람과의 갈등에서 비슷한 감정을 느낀 적이 있나요?

3 질문 만들기

필사한 부분에 대해 자신만의 질문을 만들어봅시다.

4 모르는 단어 찾아보기

필사한 부분에서 모르는 단어가 있다면 사전에서 찾아
그 뜻을 적어봅시다.

“내쫓아야 해요!” 여동생이 소리쳤다. “그렇게 하는 수밖에 없어요, 아버지. 저것이 오빠라는 생각을 버리셔야 해요. 우리가 그토록 오랫동안 그렇게 믿어왔다는 것 자체가 바로 우리의 진짜 불행이에요. 도대체 저것이 어떻게 오빠일 수 있겠어요? 저것이 정말 오빠라면 우리가 자기와 같은 짐승과는 함께 살 수 없다는 것쯤은 벌써 알아차리고 제 발로 나가주었을 거예요. 그러면 우리는 계속 살아가면서, 오빠는 비록 잃어버렸을망정 오빠에 대한 기억은 소중히 간직할 수 있을 텐데 말이에요.”

– 《변신》(일러스트와 함께 읽는 세계명작), 프란츠 카프카 지음, 루이스 스카파티 그림, 이재황 옮김, 문학동네, 2005, 114쪽

◇ 문장을 그대로 베껴 써봅시다.

◇ 자신의 생각과 느낌을 자유롭게 적어봐도 좋고
주어진 질문에 하나씩 답해보아도 좋습니다.

1 한 줄 글쓰기

필사 후 드는 자신의 생각과 느낌, 질문을 자유롭게 적어봅시다.

2 도움 질문

다음 질문에 대한 자신의 생각을 적어봅시다.

- "저것이 오빠라는 생각을 버리셔야 해요"에 대해 어떻게
  생각하나요?

- 이 주장은 가족 간의 관계와 신념에 어떤 영향을 미칠까요?

- 여러분 가족의 모습이 지금과 달라진다면 여러분은 가족을
  어떻게 대할 것 같나요?

3 질문 만들기

필사한 부분에 대해 자신만의 질문을 만들어봅시다.

4 모르는 단어 찾아보기

필사한 부분에서 모르는 단어가 있다면 사전에서 찾아
그 뜻을 적어봅시다.

파우스트

✳ 작품 소개

괴테가 1773년 집필을 시작해 1831년 완성한 독일 고전주의 문학의 걸작 《파우스트》 이야기는 지식과 학문에 절망한 노학자 파우스트 박사의 미망(迷妄)과 구원의 장구한 노정을 그린다. 악마 메피스토펠레스의 유혹에 빠져 현세의 쾌락을 쫓으며 방황하던 파우스트는 마침내 잘못을 깨닫고 천상의 구원을 받는다.

프랑스의 낭만주의 화가 외젠 들라크루아는 1824~1827년 〈파우스트―비극 제1부〉의 석판화 연작을 구상, 제작한다. 기존의 《파우스트》 삽화들이 대부분 사랑을 중심으로 하는 것과 달리, 들라크루아의 그림은 인간의 심리적 심연을 형상화하는 데 초점을 둔 것이 특징이다. 1828년 《파우스트》의 프랑스어 번역판과 함께 출판된 들라크루아의 석판화 17점은 《파우스트》 삽화들 중 괴테가 가장 만족을 표한 작품으로 알려져 있다.

20세기의 독일 화가 막스 베크만은 나치의 탄압을 받던 1943~1944년 프랑크푸르트의 인쇄업자 게오르크 하르트만의 주문으로 〈파우스트―비극 제2부〉의 삽화 143점을 제작한다. 1막부터 3막까지의 삽화들은 그림들과 전쟁, 수난, 죽음 등 시대를 반영하는 어두운 테마의 그림들이 주를 이룬다. 4막과 5막에서는 종교적 신화적 모티프를 차용한 밝은 유희적 그림들이 다수를 차지한다.

괴테는 1749년 8월 28일 독일 마인강 변의 프랑크푸르트에서 태어났다. 부친 요한 카스파르(Johann Kaspar) 괴테는 대학에서 법학을 공부하고 황실 고문관이라는 명예직을 가진 부유한 시민으로 합리적이고 이지적인 성격이었다. 프랑크푸르트 시장의 딸인 어머니 카타리나 엘리자베트(Katharina Elisabeth)는 라틴계 특유의 풍부한 감정과 활달하고 명랑한 성격의 여성으로 어린 아들에게 동화를 들려주고 인형극을 접하게 하여 아들의 예술 감각을 일깨워주었다.

괴테는 1765년 10월 부친 뜻에 따라 라이프치히대학에서 법학 공부를 시작한다. 1771년 8월 법학석사 학위 시험을 치른 뒤 고향으로 돌아간다. 고향에서 변호사로 일을 시작하지만 본업보다는 문학에 더 힘을 기울인다. 이 시기 〈무쇠 손 괴츠 폰 베를리힝겐〉(1773)을 발표한다. 이후 3년은 괴테 일생에서 가장 풍성한 결실의 기간이다. 《젊은 베르터의 슬픔(Die Leiden des jungen Werther)》(1744)도 이때 발표된다.

1828년 카를 아우구스트 대공의 사망과 2년 뒤 아들의 죽음으로 최대 시련을 맞은 괴테는 미완성 작품에 매달림으로써 그 시련을 극복하려고 한다. 《파우스트》는 그때까지 인간 정신이 이룩한 모든 것과 예언적으로 이후에 창조될 많은 것을 담고 있는 방대한 스케일, 다양한 운율, 풍부한 상징 등으로 독일 문학뿐만 아니라 세계문학에서도 독보적인 위치를 차지하는 대작이다. 인간의 한평생이라 할 수 있는 60년이란 긴 세월 동안 그의 마음에서 떠나지 않았던 《파우스트》의 완성과 함께 괴테의 일생도 종결된다. 괴테는 1832년 3월 22일 향년 83세로 눈을 감는다.

– 작품 소개 및 작가 소개: 인터넷 서점

오늘 이루어지지 않는 일은 내일도 못 하는 것이니,

단 하루도 헛되이 흘려보내서는 안 되느니라.

될 가능성이 있는 것은 과감하게 결심하고

즉시 그 기회를 포착해야 하리라.

그러면 결심은 그것을 놓치지 않으려 할 것이며,

그러지 않을 수 없기에 계속 일을 추진할 것이다.

– 《파우스트》(일러스트와 함께 읽는 세계명작), 요한 볼프강 폰 괴테 지음,
외젠 들라크루아·막스 베크만 그림, 이인웅 옮김, 문학동네, 2006, 12쪽

◇ 자신의 생각과 느낌을 자유롭게 적어봐도 좋고
주어진 질문에 하나씩 답해보아도 좋습니다.

1 한 술 글쓰기

필사 후 드는 자신의 생각과 느낌, 질문을 자유롭게 적어봅시다.

2 도움 질문

다음 질문에 대한 자신의 생각을 적어봅시다.

- 괴테는 오늘 놓치면 내일도 할 수 없다고 주장합니다. 이 주장에
  동의하나요? 왜 그렇게 생각하는지 설명해주세요.

- 실생활에서 빠른 결정이 긍정적인 결과로 이어진 사례나
  기다리는 것이 부정적인 영향을 미친 사례를 생각해볼 수
  있을까요?

216

- 우리는 어떻게 시간을 관리하고, 미루지 않고 즉각적인 행동을
  취하여 성과를 이룰 수 있을까요?

- "오늘 이루어지지 않는 일은 내일도 못 하는 것이니"라는 말에서
  알 수 있듯, 파우스트는 결심과 즉각적인 실천의 중요성을
  강조합니다. 여러분은 결심한 일을 미루지 않고 바로 실천했던
  경험이 있나요? 그 결과는 어땠나요?

3 질문 만들기

필사한 부분에 대해 자신만의 질문을 만들어봅시다.

4 모르는 단어 찾아보기

**필사한 부분에서 모르는 단어가 있다면 사전에서 찾아
그 뜻을 적어봅시다.**

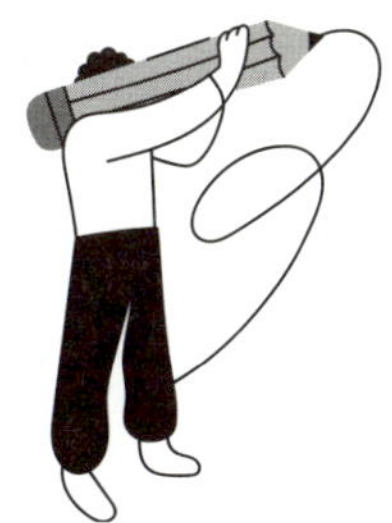

인간은 노력하는 한 방황하는 법이니라.

(…)

선한 인간이란 어두운 충동 속에서도

올바른 길을 잘 알고 있다고 말이다.

– 《파우스트》(일러스트와 함께 읽는 세계명작), 요한 볼프강 폰 괴테 지음,
외젠 들라크루아·막스 베크만 그림, 이인웅 옮김, 문학동네, 2006, 14쪽

◇ 문장을 그대로 베껴 써봅시다.

◇ 자신의 생각과 느낌을 자유롭게 적어봐도 좋고
주어진 질문에 하나씩 답해보아도 좋습니다.

1 한 줄 글쓰기

필사 후 드는 자신의 생각과 느낌, 질문을 자유롭게 적어봅시다.

2 도움 질문

다음 질문에 대한 자신의 생각을 적어봅시다.

- 인간의 삶에서 방황과 노력은 어떤 관계가 있다고 생각하나요?
  여러분은 방황의 시기를 어떻게 극복했나요?

- "선한 인간이란 어두운 충동 속에서도 올바른 길을 잘 알고
  있다"는 구절은 인간의 본성과 도덕성에 대해 어떤 메시지를
  주나요? 여러분은 유혹이나 어려움 속에서 올바른 선택을 한
  경험이 있나요?

220

- 괴테는 왜 인간의 방황과 선함을 함께 언급했을까요? 방황하는
  과정 자체가 인간을 성장시키거나 의미 있는 결과로 이끈다고
  생각하나요? 자신의 생각을 이야기해보세요.

- 과거의 경험이나 노력의 예를 들어, 자신의 삶에서 어두운 충동을
  극복하고 올바른 길을 찾은 경험을 나누어보세요.

- 이 텍스트에서는 선한 인간에 대해 언급합니다. 선한 인간이란
  어떤 특징을 가지고 있을까요?

3 질문 만들기

필사한 부분에 대해 자신만의 질문을 만들어봅시다.

4 모르는 단어 찾아보기

**필사한 부분에서 모르는 단어가 있다면 사전에서 찾아
그 뜻을 적어봅시다.**

내가 순간을 향하여, 멈추어라!

너 정말 아름답구나! 하고 말을 한다면,

너는 나를 꽁꽁 묶어도 좋다!

그럼 나는 기꺼이 멸망하리라!

(…)

내가 한순간을 고집하게 된다면, 나는 즉시 종이 될 것이며,

그것이 너의 종이건, 누구의 종이건 상관하지 않겠노라.

– 《파우스트》(일러스트와 함께 읽는 세계명작), 요한 볼프강 폰 괴테 지음,
외젠 들라크루아·막스 베크만 그림, 이인웅 옮김, 문학동네, 2006, 50쪽

◇ 문장을 그대로 베껴 써봅시다.

◇ 자신의 생각과 느낌을 자유롭게 적어봐도 좋고
주어진 질문에 하나씩 답해보아도 좋습니다.

1

필사 후 드는 자신의 생각과 느낌, 질문을 자유롭게 적어봅시다.

2

다음 질문에 대한 자신의 생각을 적어봅시다.

- 이 텍스트에서는 순간에 대해 이야기합니다. 이 글에서의
"순간"은 어떤 의미일까요?

- 왜 순간이 중요한지 생각해보세요.

- 우리가 살아가는 일상에서 어떤 순간들이 중요하다고
생각하나요?

- 주인공이 왜 멸망을 감수하려고 할까요? 여러분이 이 상황에서
  주인공으로써 어떻게 행동할지 상상해보세요.

- 어떤 상황에서 우리는 아름다움을 발견하고 인정할까요? 이
  아름다움은 어떻게 우리의 삶에 영향을 미칠까요?

3 질문 만들기

필사한 부분에 대해 자신만의 질문을 만들어봅시다.

4 모르는 단어 찾아보기

**필사한 부분에서 모르는 단어가 있다면 사전에서 찾아
그 뜻을 적어봅시다.**

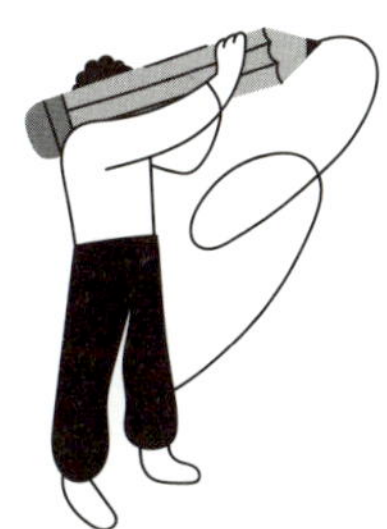

누구나 자기가 배울 수 있는 것만 배울 따름이라네.

그러나 순간을 제대로 포착하는 자,

그자가 진정한 사나이라 할 수 있지.

(…)

자네가 자네 자신을 신뢰만 한다면,

다른 인간들도 자네를 신뢰하게 될 걸세.

– 《파우스트》(일러스트와 함께 읽는 세계명작), 요한 볼프강 폰 괴테 지음,
외젠 들라크루아·막스 베크만 그림, 이인웅 옮김, 문학동네, 2006, 58쪽

◇ 자신의 생각과 느낌을 자유롭게 적어봐도 좋고
주어진 질문에 하나씩 답해보아도 좋습니다.

1 한 줄 글쓰기

필사 후 드는 자신의 생각과 느낌, 질문을 자유롭게 적어봅시다.

2 도움 질문

다음 질문에 대한 자신의 생각을 적어봅시다.

- "누구나 자기가 배울 수 있는 것만 배울 따름"이라는 말은 인간의
  한계와 가능성에 대해 어떤 생각을 하게 하나요? 여러분은 자신의
  한계를 어떻게 극복하거나 받아들이나요?

- "순간을 제대로 포착하는 자, 그자가 진정한 사나이"라는
  구절에서 중요한 순간을 포착하는 능력의 의미는 무엇일까요?
  여러분은 인생의 중요한 순간을 놓치지 않았던 경험이 있나요?

- "자신을 신뢰하면 다른 사람도 신뢰하게 된다"는 조언에
  동의하나요? 자기 신뢰와 타인과의 관계에서 신뢰가 어떻게
  연결된다고 생각하나요?

3 질문 만들기

필사한 부분에 대해 자신만의 질문을 만들어봅시다.

4 모르는 단어 찾아보기

**필사한 부분에서 모르는 단어가 있다면 사전에서 찾아
그 뜻을 적어봅시다.**

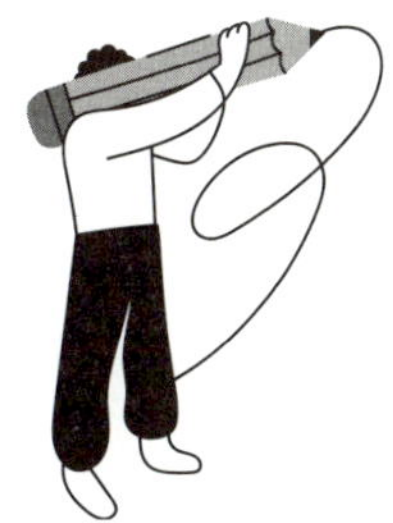

다른 사람들의 죄에 대해선, 혀끝이 당해내지 못할 만큼

나도 그렇게 많은 비난을 퍼부어대곤 했었는데!

남이 저지른 짓이 검게 보이면, 더욱 검은 칠을 해도

마음에 흡족토록 검게 여겨지지가 않았었고,

죄 없는 나 자신을 축복하며 그렇게도 잘난 체를 했었는데,

그런데 이제는 나 자신이 죄지은 신세가 되었구나!

– 《파우스트》(일러스트와 함께 읽는 세계명작), 요한 볼프강 폰 괴테 지음,
외젠 들라크루아·막스 베크만 그림, 이인웅 옮김, 문학동네, 2006, 105쪽

◇ 문장을 그대로 베껴 써봅시다.

1 한 줄 글쓰기

필사 후 드는 자신의 생각과 느낌, 질문을 자유롭게 적어봅시다.

2 도움 질문

다음 질문에 대한 자신의 생각을 적어봅시다.

- 우리는 어떤 태도를 가지고 다른 사람들을 비난하고 있을까요?
  이러한 태도가 우리 자신과 다른 사람들에게 어떤 영향을
  미칠까요?

- 주인공이 다른 사람들을 비난하면서 자신은 죄 없는 척했던
  경험을 통해 어떤 도덕적 교훈을 얻을 수 있을까요?

- 파우스트는 과거에 남의 죄를 비난하며 자신을 "죄 없는 자"로
  여겼지만, 결국 자신도 죄를 짓게 되었음을 깨닫습니다. 여러분은
  타인을 쉽게 비판하다가 스스로도 실수하거나 잘못을 저질렀던
  경험이 있나요? 그때 어떤 생각이 들었나요?

3 질문 만들기

필사한 부분에 대해 자신만의 질문을 만들어봅시다.

4 모르는 단어 찾아보기

**필사한 부분에서 모르는 단어가 있다면 사전에서 찾아
그 뜻을 적어봅시다.**

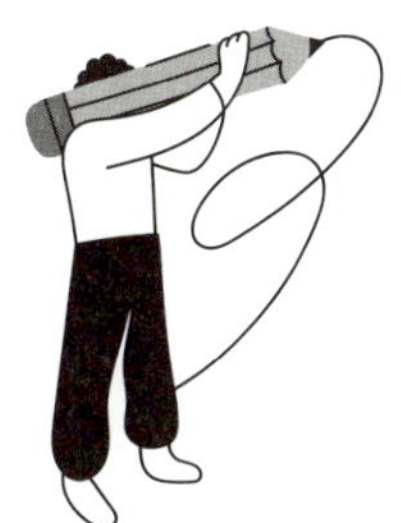

야간비행

✳ 작품 소개

작가이자 비행기 조종사였던 생텍쥐페리의 페미나상 수상작. 생텍쥐페리에게 비행 중의 경험은 많은 작품의 모태가 되었는데, 1931년 발표한 이 소설은 아르헨티나 야간비행 항로 개척에 참여했던 경험을 바탕으로 쓰였다. 직원들을 단련시키고자 그들을 엄격하게 다스리는 책임자 리비에르와 밤하늘 속에서 고독과 죽음에 맞서는 조종사 파비앵의 모습을 통해, 초기 항공우편산업을 이끌던 사람들의 책임감과 용기를 아름답게 펼쳐 보인다.

미지의 세계를 개척하는 이들의 강인한 의지와 숭고한 용기에 대한 한 편의 아름다운 찬가라 할 수 있다. 당시 앙드레 지드의 머리말과 함께 출간되어 문단과 독자 모두에게 호평을 받았고, 이듬해 미국과 영국에서 영역본이 출간되면서 영화로도 만들어져 생텍쥐페리에게 세계적인 작가의 명성을 안겨준 작품이다.

✳ 저자 소개

생텍쥐페리는 1900년 프랑스 리옹에서 태어났다. 해군사관학교에 입학하고자 했으나 시험에서 실패하고 미술학교 건축과에 들어갔다. 1921년 공군에 입대해 조종사 면허를 땄고, 1926년 라테코에르에 들어가 아프리카 북서부와 남대서양 및 남아메리카를 통과하는 우편비행을 담당하게 되었다. 1930년대에는 시험비행사, 에어프랑스의 홍보담당, 〈파리수아르(Paris-Soir)〉 기자로 일했다.

생텍쥐페리의 어린 시절 모습은 《어린 왕자》의 주인공과 너무나 흡사하다. 굽슬굽슬한 갈색 머리털을 가진 소년 생텍쥐페리는 눈앞에서 벌어지는 온갖 사소한 일들을 경이와 찬탄으로 바라보았고, 유난히 법석을 떨고 잔꾀가 많은 반면, 항상 생기가 넘치고 영리했다. 감성이 풍부하고 미지에 대한 열정이 넘치던 그는 1917년 6월, 대학 입학 자격 시험에 합격한 후 파리로 가서 보쉬에대학에 들어가 해군사관학교 입학을 준비하였으나 구술 시험에서 떨어져 파리예술대학에 들어가 15개월간 건축학을 공부했다. 《어린 왕자》에 생텍쥐베리가 직접 삽화를 그릴 수 있었던 것은 이때의 공부 때문이다.

자동차 회사, 민간항공 회사에 각각 근무하다가 에르 프랑스의 전신인 라테코에르 항공사에 입사하여 《야간비행》의 주인공인 리비에르로 알려진 디디에도라를 알게 되고 다카르-카사블랑카 사이의 우편 비행을 하면서 밤에는 《남방 우편기》를 집필하였다. 1929년 아르헨티나의 항공사에 임명되면서 조종사로 최고의 시간을 보내게 된다. 이때의 경험을 토대로 《야간비행》를 집필했다.

1939년 육군 정찰기 조종사가 되었으며, 1940년 2차세계대전으로 프랑스가 독일에 함락되자 미국으로 탈출했다. 1943년 연합군에 합류해 북아프리카 공군에 들어간 후 1944년 7월 31일 프랑스 남부 해안을 정찰비행하다 행방불명되었다. 2000년, 한 잠수부가 프랑스 마르세유 근해에서 생텍쥐페리와 함께 실종됐던 정찰기 P38의 잔해를 발견했고 뒤이은 2004년 프랑스 수중탐사팀이 항공기 잔해를 추가 발견했다.

– 작품 소개 및 작가 소개: 인터넷 서점

바다를 향해 등대를 밝히듯 집집마다 거대한 어둠에
맞서 자기 별에 불을 밝혀, 대지는 서로에게 보내는
환한 신호로 가득했다. 사람들의 삶과 관련된 모든 것이
이미 반짝이고 있었다. 파비앵은 이번에는 어둠 속으로
들어가는 것이 마치 정박지로 들어가는 것처럼 느리고
아름답게 이루어지고 있음에 감탄했다.

– 《야간비행》, 앙투안 드 생텍쥐페리 지음, 용경식 옮김, 문학동네, 2018, 18쪽

◇ 문장을 그대로 베껴 써봅시다.

1 한 줄 글쓰기

필사 후 드는 자신의 생각과 느낌, 질문을 자유롭게 적어봅시다.

2 도움 질문

다음 질문에 대한 자신의 생각을 적어봅시다.

- 이 문장에서 '어둠'은 어떤 의미로 사용되었을까요? 그리고 이와
  관련하여 우리 일상에서 어둠이 가지는 의미는 무엇일까요?
  어둠은 어떤 측면에서 우리의 삶과 관련이 있을까요?

- 파비앵은 어둠 속으로 들어가는 것을 "정박지로 들어가는 것처럼
  느리고 아름답게" 받아들입니다. 여러분은 두려움이나 불확실한
  상황을 마주할 때 어떤 태도를 취하나요? 그 상황을 어떻게
  극복하나요?

- 우리는 어떻게 어둠과 불확실성에 대해 두려워하지 않고, 느리게 전진하며 아름다운 변화를 이룰 수 있을까요?

- 이 글에서 우리에게 전달하려는 메시지는 무엇일까요? 우리가 어둠을 향해 나아갈 때 우리 자신의 별을 발견하고 밝힐 수 있는 방법은 무엇일까요?

3 질문 만들기

필사한 부분에 대해 자신만의 질문을 만들어봅시다.

4 모르는 단어 찾아보기

필사한 부분에서 모르는 단어가 있다면 사전에서 찾아 그 뜻을 적어봅시다.

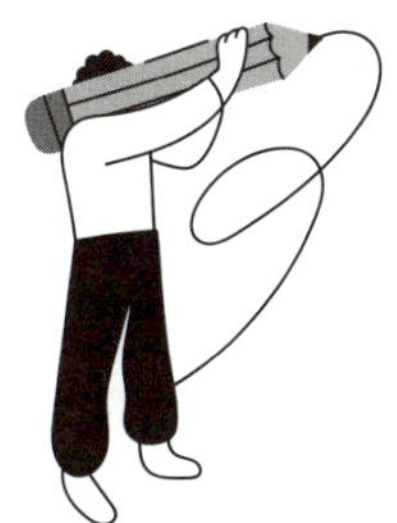

　농부들은 자신들의 불빛이 소박한 식탁을 밝히기 위해 빛난다고 생각하지만, 그들로부터 팔십 킬로미터 떨어진 곳에 있는 사람은 그 불빛 신호에 감동을 느낀다. 마치 그들이 바다 한가운데 무인도에서 절망에 빠져 구조의 불빛을 흔들기라도 하는 양 말이다.

－《야간비행》, 앙투안 드 생텍쥐페리 지음, 용경식 옮김, 문학동네, 2018, 20쪽

◇ 문장을 그대로 베껴 써봅시다.

◇ 자신의 생각과 느낌을 자유롭게 적어봐도 좋고
주어진 질문에 하나씩 답해보아도 좋습니다.

1 한 줄 글쓰기

필사 후 드는 자신의 생각과 느낌, 질문을 자유롭게 적어봅시다.

2 도움 질문

다음 질문에 대한 자신의 생각을 적어봅시다.

- 농부들은 자신들의 불빛이 소박한 식탁을 밝히기 위해 빛난다고
  생각하지만, 먼 곳에 있는 사람들은 그 불빛 신호에 감동을
  느낍니다. 이는 어떻게 인간 관계와 소통에 대한 중요한 메시지를
  전달하고 있을까요? 어떻게 간단한 행동이 먼 곳에 있는 다른
  사람에게 영향을 미칠 수 있을까요?

- 우리 삶에서 소소한 것들이 다른 사람들에게는 큰 의미를 가질 수
  있다는 것을 이야기를 통해 배울 수 있었는데, 우리 일상에서도
  이와 비슷한 경험이 있었다면 공유해보세요.

- 바다 한가운데 무인도에서 절망에 빠진 사람이 구조의 불빛을
  흔들기를 바라는 모습을 비유적으로 이야기합니다. 이는 어떤
  의미에서 우리가 상대방의 어려움을 인식하고, 그들을 도울
  수 있는 구조의 역할을 할 수 있다는 것을 말하고 있을까요?
  우리는 어떻게 다른 사람들의 신호에 주목하고, 그들을 지원하며
  소통하여 함께 성장할 수 있을까요?

- 다른 사람들의 노력이 우리에게 어떤 영향을 미칠 수 있을까요?
  작은 불빛이나 신호가 다른 사람들에게 어떤 의미를 전달할 수
  있을지 생각해보세요.

3 질문 만들기

필사한 부분에 대해 자신만의 질문을 만들어봅시다.

4 모르는 단어 찾아보기

**필사한 부분에서 모르는 단어가 있다면 사전에서 찾아
그 뜻을 적어봅시다.**

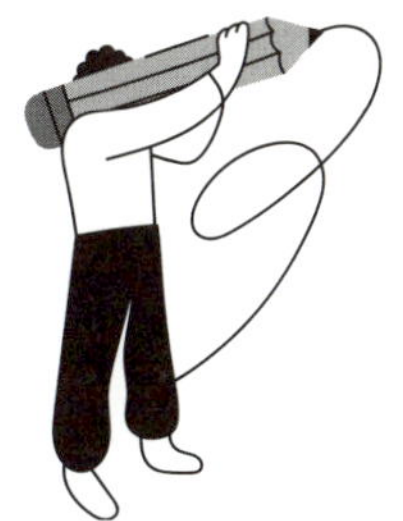

'그 사람은 자기가 얼마나 위대한 일을 하고 있는지 모른다.'

우편기들은 어디선가 여전히 투쟁 중이었다. 야간비행은 밤새 지켜봐야 하는 질병처럼 계속되었다.

– 《야간비행》, 앙투안 드 생텍쥐페리 지음, 용경식 옮김, 문학동네, 2018, 53쪽

◇ 문장을 그대로 베껴 써봅시다.

◇ 자신의 생각과 느낌을 자유롭게 적어봐도 좋고
주어진 질문에 하나씩 답해보아도 좋습니다.

1 한 줄 글쓰기

필사 후 드는 자신의 생각과 느낌, 질문을 자유롭게 적어봅시다.

2 도움 질문

다음 질문에 대한 자신의 생각을 적어봅시다.

- 소설에서 주인공은 자기가 얼마나 위대한 일을 하고 있는지
  모르고 있다고 말합니다. 우리는 어떻게 자아인식을 통해 자신의
  잠재력과 가치를 깨닫고, 위대한 일을 이룰 수 있는 가능성을
  발견할 수 있을까요?

- 자신의 행동과 가치를 평가하고 이해하지 못한다면 어떤 결과가
  발생할 수 있을까요? 우리가 자아 인식을 향상시키고 자신의
  가치를 올바르게 이해하는 것이 왜 중요한지 생각해보세요.

- 이야기에서 "위대한 일"이란 무엇을 의미할까요? 여러분이
  생각하는 위대한 일은 어떤 것이 있나요?

3 질문 만들기

필사한 부분에 대해 자신만의 질문을 만들어봅시다.

4 모르는 단어 찾아보기

**필사한 부분에서 모르는 단어가 있다면 사전에서 찾아
그 뜻을 적어봅시다.**

'나는 정당한가 부당한가? 나는 알 수 없다. 내가 엄격하게 굴면 사고는 줄어든다. 책임이란 개인에게 있지 않다. 그것은 모든 이에게 적용되지 않으면 아무에게 적용되지 못하는 막연한 힘과 같다. 내가 정말 정당하게 군다면, 야간비행은 매번 죽음의 위험에 노출될 것이다.'

– 《야간비행》, 앙투안 드 생텍쥐페리 지음, 용경식 옮김, 문학동네, 2018, 57쪽

◇ 문장을 그대로 베껴 써봅시다.

◇ 자신의 생각과 느낌을 자유롭게 적어봐도 좋고
주어진 질문에 하나씩 답해보아도 좋습니다.

1 한 줄 글쓰기

필사 후 드는 자신의 생각과 느낌, 질문을 자유롭게 적어봅시다.

2 도움 질문

다음 질문에 대한 자신의 생각을 적어봅시다.

- 이야기에서는 책임이란 개인에게 있지 않다고 말합니다. 그렇다면
  책임이란 누구에게 있을까요? 그 이유는 무엇일까요?

- 글에서는 엄격하게 굴면 사고가 줄어든다고 언급합니다. 이런
  태도가 어떤 영향을 미칠 수 있을까요?

250

- 리비에르는 "내가 정말 정당하게 군다면, 야간비행은 매번 죽음의 위험에 노출될 것이다"라고 고민합니다. 여러분은 조직이나 사회의 규칙이 인간적인 배려와 충돌할 때 어떤 선택을 해야 한다고 생각하나요?

- 리비에르는 자신의 결정이 정당한지 부당한지 알 수 없다고 말합니다. 여러분은 중요한 결정을 내릴 때 옳고 그름, 정당함과 부당함을 어떻게 판단하나요? 판단의 기준이 무엇인지 이야기해보세요.

3 질문 만들기

필사한 부분에 대해 자신만의 질문을 만들어봅시다.

4 모르는 단어 찾아보기

필사한 부분에서 모르는 단어가 있다면 사전에서 찾아 그 뜻을 적어봅시다.

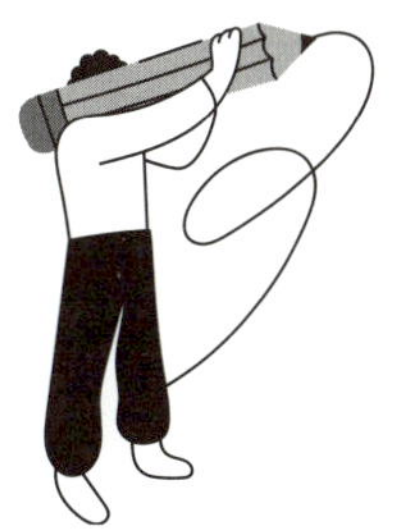

"이보게, 로비노, 인생에 해결책이란 없어. 앞으로

나아가는 힘뿐. 그 힘을 만들어내면 해결책은

뒤따라온다네."

– 《야간비행》, 앙투안 드 생텍쥐페리 지음, 용경식 옮김, 문학동네, 2018, 103쪽

◇ 문장을 그대로 베껴 써봅시다.

◇ 자신의 생각과 느낌을 자유롭게 적어봐도 좋고
주어진 질문에 하나씩 답해보아도 좋습니다.

1 한 줄 글쓰기

필사 후 드는 자신의 생각과 느낌, 질문을 자유롭게 적어봅시다.

2 도움 질문

다음 질문에 대한 자신의 생각을 적어봅시다.

- 생텍쥐페리는 "인생에 해결책이란 없어. 앞으로 나아가는
힘뿐"이라고 말합니다. 이는 어떤 의미일까요? 인생에서 어떤
도전에 직면했을 때, 그 도전을 극복하고 나아가기 위해 어떤
힘이 필요한지에 대해 생각해보세요.

- 우리 삶에서 어려운 상황에 직면했을 때, 앞으로 나아가는 힘을
  얻기 위해 어떤 자원을 활용할 수 있을까요? 예를 들어, 가족,
  친구, 독서, 취미 등을 통해 힘을 얻을 수 있다면 어떻게 활용할
  수 있을까요?

- 작품 속 인물들은 불확실하고 위험한 상황에서도 앞으로
  나아가야 했습니다. 여러분은 두려움이나 불확실성 앞에서
  용기를 내어 전진한 경험이 있나요? 그때 어떤 마음가짐이 도움이
  되었나요?

3 질문 만들기

필사한 부분에 대해 자신만의 질문을 만들어봅시다.

4 모르는 단어 찾아보기

**필사한 부분에서 모르는 단어가 있다면 사전에서 찾아
그 뜻을 적어봅시다.**

이반 일리치의 죽음

✻ 작품 소개

톨스토이의 중단편 중에서 가장 훌륭한 작품이라는 평가를 받는 《이반 일리치의 죽음》은 삶에 대한 톨스토이의 생각과 문제의식이 잘 나타나 있다. 이 작품은 한 인간의 삶과 죽음을 냉철하게 관찰하고 분석하고 묘사하고 그것을 극적으로 그려냄으로써 보편적 삶의 본질을 통찰한다.

판사로서 남부럽지 않게 성공한 인생을 살아가던 이반 일리치가 성공의 정점에서 갑자기 원인 모를 병에 걸려 죽어간다. 서서히 죽어가는 이반 일리치는 자신의 인생을 돌아보고 삶의 의미를 고통스럽게 되묻는다.

✻ 저자 소개

톨스토이는 1828년 9월 9일 러시아 툴라의 야스나야 폴랴나에서 태어났다. 일찍 부모를 여의고 친척들 손에 자란 그는 16세에 카잔대학교에 입학했지만, 형식적인 교육에 실망해 그만두었다. 모스크바와 상트페테르부르크 등을 오가며 방황하던 톨스토이는 1851년 형 니콜라이를 따라 군에 입대한다. 군대에 복무하면서 《어린 시절》 등 자전적 삼부작을 발표해 창작 활동을 시작했다.

1850년대 후반에는 농민들의 열악한 상태를 극복할 수 있는 힘이 교육에 있다고 판단, 야스나야 폴랴나 농민의 자녀들을 위한 학교를 열고, 교육에 관한 다양한 연구를 병행한다. 정치, 경제, 사회, 문화, 종교 등 다양한 영역에 대한 평론을 썼으며,《전쟁과 평화》와《안나 카레니나》등의 문학작품을 통해 세계적인 작가로 발돋움했다. 자기완성과 악에 대한 무저항, 사적 소유 부정이라는 철학적 관점에 기초하여《고백》,《인생에 대하여》,《예술론》등을 저술하고 당대 러시아 사회와 종교를 강렬하게 비판했다. 이로 인해 러시아 정교에서 파문을 당하고 정부의 압박을 받았지만, 모든 걸 가졌지만 아무것도 할 수 없는 러시아 황제와 달리 아무것도 가지지 않았지만 모든 걸 할 수 있는 또 하나의 러시아 황제로 불릴 만큼 민중의 강력한 지지를 받았다.

만년에 이르러 술·담배를 끊고 채식주의자가 되었으며 농부처럼 입고 노동하며 생활했다. 생전에 수많은 톨스토이주의자가 야스나야 폴랴나에 몰려와 농민공동체를 형성하기도 했다. 톨스토이는 말년에 조용한 피난처를 찾아 집을 나선 며칠 후, 1910년 11월 7일 아스타포보 역에서 폐렴으로 사망했다. 그의 가출은 현실에 대한 극복이자 다른 삶을 향한 마지막 도전으로 상징된다. 작가이자 폭력을 거부한 평화사상가, 농민교육가이자 삶의 철학자로 오늘에 이르기까지 세계적으로 많은 영향력을 주었다고 평가받고 있다.

– 작품 소개 및 작가 소개: 인터넷 서점

삶 그리고 … 죽음의 문제야. 그래, 삶이었어. 그리고 떠나는구나, 내게서 떠나는구나. 그런데 난 그걸 막을 수 없고.

-《이반 일리치의 죽음》, 레프 니콜라예비치 톨스토이 지음, 윤우섭 역, 현대지성, 2023, 54쪽

◇ 문장을 그대로 베껴 써봅시다.

1 한 줄 글쓰기

필사 후 드는 자신의 생각과 느낌, 질문을 자유롭게 적어봅시다.

2 도움 질문

다음 질문에 대한 자신의 생각을 적어봅시다.

- 인용문에서 주인공은 삶과 죽음에 대한 문제에 직면하고
  있습니다. 삶은 무엇을 의미하며, 죽음은 어떻게 이해되고 있는
  걸까요?

- 주인공은 자신의 삶이 떠나는 것을 막을 수 없다고 말합니다.
  이런 절망적인 상황에서 어떻게 우리는 의미를 찾을 수 있을까요?

- 글에서 주인공은 죽음을 막을 수 없다고 말합니다. 이는 어떤
  의미를 전달하고 있을까요? 우리는 어떻게 죽음을 받아들이고
  준비해야 할까요?

3 질문 만들기

필사한 부분에 대해 자신만의 질문을 만들어봅시다.

4 모르는 단어 찾아보기

필사한 부분에서 모르는 단어가 있다면 사전에서 찾아
그 뜻을 적어봅시다.

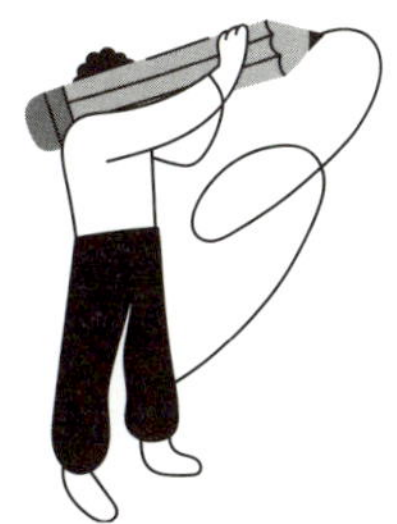

　아무도 이반 일리치가 원하는 만큼 자기를 가련하게 여기지 않는다는 것이었다. 오랫동안 고통을 겪은 후 어느 순간 이반 일리치가 가장 원했던 것은—그 점을 인정하는 것은 부끄러웠지만—누구라도 자기를 병든 아이처럼 가련하게 여겨주는 것이었다. 그는 아이들을 어루만지고 달래듯, 자기를 어루만지고, 자기에게 입 맞추고, 자기를 위해 눈물을 흘려주길 원했다.

—《이반 일리치의 죽음》, 레프 니콜라예비치 톨스토이 지음,
윤우섭 역, 현대지성, 2023, 67쪽

◇ 문장을 그대로 베껴 써봅시다.

1 한 줄 글쓰기

필사 후 드는 자신의 생각과 느낌, 질문을 자유롭게 적어봅시다.

2 도움 질문

다음 질문에 대한 자신의 생각을 적어봅시다.

- 이반 일리치는 자기를 병든 아이처럼 가련하게 여겨주는 것을
  원합니다. 이는 어떤 심리적 욕구를 나타내고 있을까요? 왜 그는
  이러한 관심과 사랑을 기대하는 걸까요?

- 우리는 어떻게 타인을 어루만지고 달래며, 상대방에게 공감과
  이해를 표현할 수 있을까요?

- 이반 일리치는 고통 속에서 자신을 "병든 아이처럼 가련하게
여겨주길" 바랐습니다. 여러분은 힘들거나 아플 때 주변
사람들에게 어떤 위로나 공감을 기대하나요? 실제로 그런 기대가
충족되지 않았던 경험이 있다면 어떤 감정을 느꼈나요?

3 질문 만들기

필사한 부분에 대해 자신만의 질문을 만들어봅시다.

4 모르는 단어 찾아보기

**필사한 부분에서 모르는 단어가 있다면 사전에서 찾아
그 뜻을 적어봅시다.**

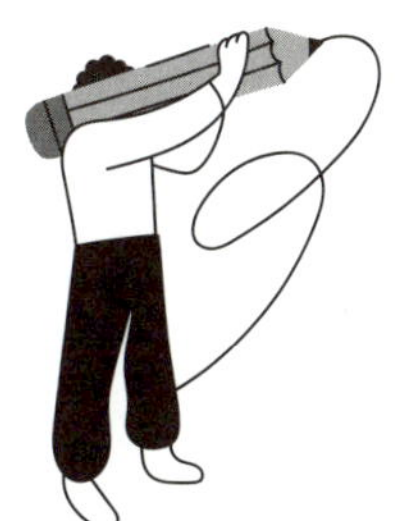

최근에 소파 등받이 쪽으로 얼굴을 돌린 채 누워 있을 때의 그 외로움, 북적거리는 도시와 수많은 지인, 그리고 가족들 한가운데서 느끼는 외로움, 바다 밑에도, 땅속에도 그 외로움보다 더 큰 외로움은 어디에도 없었다.

－《이반 일리치의 죽음》, 레프 니콜라예비치 톨스토이 지음,
윤우섭 역, 현대지성, 2023, 82쪽

◇ 문장을 그대로 베껴 써봅시다.

◇ 자신의 생각과 느낌을 자유롭게 적어봐도 좋고
주어진 질문에 하나씩 답해보아도 좋습니다.

1 한 줄 글쓰기

필사 후 드는 자신의 생각과 느낌, 질문을 자유롭게 적어봅시다.

2 도움 질문

다음 질문에 대한 자신의 생각을 적어봅시다.

- 소설에서는 주인공이 북적거리는 도시와 수많은 지인, 그리고
  가족들 사이에서도 외로움을 느낍니다. 왜 이러한 상황에서도
  외로움을 느낄까요?

- 외로움은 어떨 때 생길까요?

– 우리는 외로움을 극복하기 위해 어떤 조치를 취할 수 있을까요?

– 외로움은 어떤 관계 혹은 상황에서 발생할 수 있는 것인지
생각해보세요. 외로움은 사회적 연결과 관계에 어떤 영향을 미칠
수 있을까요?

3 질문 만들기

필사한 부분에 대해 자신만의 질문을 만들어봅시다.

4 모르는 단어 찾아보기

**필사한 부분에서 모르는 단어가 있다면 사전에서 찾아
그 뜻을 적어봅시다.**

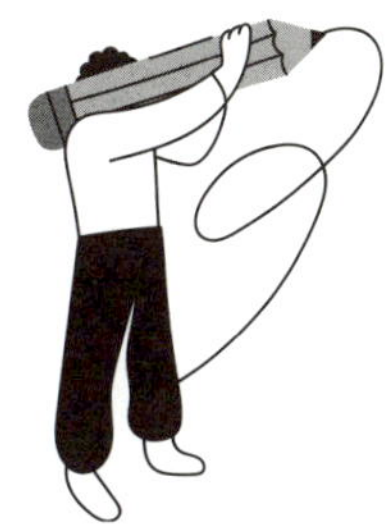

그가 죽기 한 시간 전에 있었던 일이다. 바로 그 시각 아들이 조용히 아버지 침대 곁으로 다가왔다. 죽어가는 자는 여전히 절망적으로 소리치며 양손을 휘젓고 있었다. 그의 한쪽 손이 아들의 머리 위에 닿았다. 아들은 그 손을 붙들어 입술에 대고 울기 시작했다. 그는 누군가가 자기 손에 입 맞추는 것을 느꼈다. 그는 눈을 들고 아들을 보았다. 그는 아들에게 미안함을 느꼈다. 그는 아내에게도 미안함을 느꼈다.

'그래, 내가 그들을 정신적으로 괴롭히고 있구나.' 그는 생각했다. 그는 눈으로 아내에게 아들을 가리키고 말했다.

"데리고 나가……. 미안해……. 그리고 당신에게도……. 미안해……. 날 용서해줘……."

–《이반 일리치의 죽음》, 레프 니콜라예비치 톨스토이 지음,
윤우섭 역, 현대지성, 2023, 162쪽

◇ 문장을 그대로 베껴 써봅시다.

1 한 줄 글쓰기

필사 후 드는 자신의 생각과 느낌, 질문을 자유롭게 적어봅시다.

2 도움 질문

다음 질문에 대한 자신의 생각을 적어봅시다.

- 이반 일리치는 죽음 직전 가족에게 "미안하다"는 말을 남깁니다.
  여러분은 인생의 마지막 순간에 가장 전하고 싶은 말이나 감정이
  있다면 무엇인가요? 그 이유는 무엇인가요?

- 이반 일리치는 가족과의 관계에서 미안함과 용서를 구합니다.
  여러분은 가까운 사람에게 미안함을 느낀 적이 있나요? 그 감정을
  어떻게 표현하거나 풀었는지 이야기해보세요.

- 이반 일리치가 죽음을 앞두고 삶의 의미와 진정한 관계, 용서와
  화해를 깨닫는 장면입니다. 여러분은 힘든 시기나 중요한
  전환점에서 삶의 의미나 인간관계에 대해 다시 생각하게 된
  경험이 있나요? 그때 어떤 변화가 있었나요?

3 질문 만들기

필사한 부분에 대해 자신만의 질문을 만들어봅시다.

4 모르는 단어 찾아보기

필사한 부분에서 모르는 단어가 있다면 사전에서 찾아
그 뜻을 적어봅시다.

《이반 일리치의 죽음》 필사하기

지금 지루한 이 삶으로부터 이제는 매년 그리고 매시간 점점 더 명료해지고 더 바라마지 않았던 저세상 삶으로 옮겨가고 있었다.

이 진정한 죽음 후 그가 깨어날 곳에서 그는 더 좋아질까 나빠질까? 실망할까 아니면 기대하던 것을 찾게 될까?

-《이반 일리치의 죽음》, 레프 니콜라예비치 톨스토이 지음,
윤우섭 역, 현대지성, 2023, 165쪽

◇ 문장을 그대로 베껴 써봅시다.

1 한 줄 글쓰기

필사 후 드는 자신의 생각과 느낌, 질문을 자유롭게 적어봅시다.

2 도움 질문

다음 질문에 대한 자신의 생각을 적어봅시다.

- 이반 일리치는 죽음을 앞두고 "저세상 삶"에 대한 기대와
  두려움을 동시에 느낍니다. 여러분은 죽음 이후의 세계나 삶에
  대해 어떤 생각이나 기대, 또는 두려움을 가지고 있나요?

- 소설에서 이반 일리치는 죽음을 받아들이는 과정에서 내적인
  평화와 사랑, 용서를 경험합니다. 여러분은 삶의 마지막 순간에
  가장 중요하게 생각하는 가치나 감정이 무엇이라고 생각하나요?

- 인용문에서 언급된 죽음 이후의 상태는 어떤 모습일까요? 그곳에서 우리는 어떤 변화를 경험하게 될까요?

- 인용문에서는 이제는 더 좋아지거나 나빠질 수 있는 가능성에 대해 언급합니다. 우리의 기대와 실망은 우리 삶에 어떤 영향을 미칠 수 있을까요?

3 질문 만들기

필사한 부분에 대해 자신만의 질문을 만들어봅시다.

4 모르는 단어 찾아보기

필사한 부분에서 모르는 단어가 있다면 사전에서 찾아 그 뜻을 적어봅시다.

모비딕

✳ 작품 소개

1851년에 출간된 《모비딕》은 이미 반세기 앞서 20세기에 도래할 모더니즘을 예고했다. 세상 모든 진리를 안다는 듯 신의 위치에서 소설을 써 내려간 19세기 리얼리즘 소설가들과는 달리, 20세기 모더니즘 소설가들은 세상을 바라보는 화자의 주관적 관점과 내면 심리를 극화하는 데 집중했다.

뭍에서의 생활에 싫증을 느낀 이슈메일은 고래를 잡기 위해 포경선 피쿼드 호에 오른다. 선장인 에이해브는 흰 고래 모비딕에게 한쪽 다리를 잃은 뒤 복수심 밖에는 남아 있지 않은 인물로 고래잡이 배 본연의 목적을 잊고 흰 고래 쫓기에만 열중한다. 그러던 어느 날, 마침내 모비딕을 발견한 에이해브는 사흘 밤낮 동안 모비딕과 사투를 벌인다. 미국 문학을 대표하는 작가 허먼 멜빌의 장편 소설로 상징주의 문학의 최고봉으로 꼽히는 작품이다. 드넓은 바다에서 펼쳐지는 고래와 인간의 숨 막히는 싸움은 인간과 자연의 싸움을 상징하는 한 편의 거대한 서사시라 할 만하다.

그렇다면 이 소설에서 궁극적으로 추적하는 흰 고래 모비딕은 무엇을 의미할까? 색깔이 '흰' 고래는 하나로만 해석되는 절대적 존재가 아니라 사실상 모든 것을 상징한다. 독자가 부여하는 빛에 따라 상징의 색깔이 달라지기 때문이다.

19세기 미국 낭만주의 문학을 대표하는 작가 멜빌은 뉴욕에서 태어났다. 풍족한 어린 시절을 보내던 중 가세가 기울며 아버지가 사망한 뒤 순탄치 않은 시간을 보냈다. 학교 중단 후 여러 직업을 전전하다가 스무 살이 되던 해인 1839년 상선 '세인트로렌스호'의 사환으로 취직해 처음으로 배를 탔다. 그 뒤로도 포경선을 타고 작살로 고래를 잡는 모험을 체험하거나 군함의 수병이 되는 등, 선원 생활의 경험을 쌓았다.

이런 경험들이 《모비딕》을 비롯한 바다 배경 해양소설에 많은 영감을 주었다. 그 외의 작품으로 남태평양의 방랑생활을 담은 《오무》, 상선 생활을 그린 《레드번》, 군함 생활이 깔린 《하얀 재킷》, 부유한 평민 집안의 비극적인 삶을 그린 《피에르》 등이 있다.

– 작품 소개 및 작가 소개: 인터넷 서점

　나를 이슈메일이라 불러다오. 몇 년 전(정확히 언제인지는 묻지 말라) 지갑에는 돈이 다 떨어져가고 육지에는 딱히 흥미로운 일도 없어, 나는 배를 타고 나가서 세상의 바다를 둘러보아야겠다고 생각했다. 이것이 바로 내가 우울함을 떨쳐내고 몸 안에 정체된 피를 순환시키는 방식이다.

　고대 로마의 카토는 철학적인 문장을 읊으며 칼 위에 몸을 던졌다지만 나는 조용히 배에 오른다. 놀랄 일은 아니다. 정도의 차이는 있겠지만 바다를 아는 자라면 누구나 언젠가는 바다에 대해 나와 비슷한 감정을 품게 될 테니까.

－《모비딕》, 허먼 멜빌 지음, 이종인 옮김, 현대지성, 2022, 1장

◇ 문장을 그대로 베껴 써봅시다.

1 한 줄 글쓰기

필사 후 드는 자신의 생각과 느낌, 질문을 자유롭게 적어봅시다.

2 도움 질문

다음 질문에 대한 자신의 생각을 적어봅시다.

- 이슈메일은 우울함을 떨쳐내기 위해 바다로 나가기로 결심합니다.
  여러분은 힘들거나 지칠 때 어떤 방식으로 마음의 안정을 찾거나
  재충전하나요?

- 바다를 향한 이슈메일의 열망은 단순한 여행 이상의 의미를
  지닙니다. 여러분에게 '바다'나 '여행'은 어떤 상징이나 의미를
  가지고 있나요?

3 질문 만들기

필사한 부분에 대해 자신만의 질문을 만들어봅시다.

4 모르는 단어 찾아보기

**필사한 부분에서 모르는 단어가 있다면 사전에서 찾아
그 뜻을 적어봅시다.**

　몸의 다른 부분도 같은 흰색으로 줄무늬와 얼룩, 대리석 무늬로 덮여 있어 수의를 감싸고 있는 것처럼 보였고, 마침내 그 고래는 '흰 고래(백경)'라는 독특한 이름을 가지게 되었다. 한낮에 검푸른 바다를 미끄러지듯 헤엄치며 금빛으로 반짝이는 크림색 거품을 은하수처럼 남기는 모비딕의 생생한 모습을 보노라면, '흰 고래'라는 이름이 놈에게 맞춤이라는 생각을 하지 않을 수 없다. 그 고래가 자연스레 공포의 대상이 된 것은 남다른 덩치나 눈에 띄는 색깔, 기형적인 아래턱이 아니라 유례를 찾아볼 수 없을 만큼 지능적인 적개심 때문이다.

– 《모비딕》, 허먼 멜빌 지음, 이종인 옮김, 현대지성, 2022, 41장

◇ 문장을 그대로 베껴 써봅시다.

1 한 줄 글쓰기

필사 후 드는 자신의 생각과 느낌, 질문을 자유롭게 적어봅시다.

2 도움 질문

다음 질문에 대한 자신의 생각을 적어봅시다.

- 소설 속에서 흰 고래 모비딕은 어떤 상징적 의미를 지니고 있다고
  생각하나요? 자연의 힘, 운명, 인간의 집착 등 다양한 해석이
  가능한데, 여러분은 모비딕이 무엇을 대표한다고 생각하나요?

- 모비딕의 "흰색"은 순수함과 신비로움, 그리고 설명할 수 없는
  공포의 상징으로 그려집니다. 여러분은 일상에서 '흰색'이나
  특별한 색이 특별한 감정이나 상징을 불러일으킨 경험이 있나요?

3 질문 만들기

필사한 부분에 대해 자신만의 질문을 만들어봅시다.

4 모르는 단어 찾아보기

**필사한 부분에서 모르는 단어가 있다면 사전에서 찾아
그 뜻을 적어봅시다.**

하지만 그는 보트에서 너무 가까운 곳만 보고 있었다. 모비딕은 몸에 매단 시신과 함께 도망칠 생각인 양, 아니면 지난번에 만났던 지점이 바람 불어가는 쪽으로 여행하는 중에 잠시 들른 정거장인 양, 이제 다시 꾸준히 앞을 향해 헤엄쳐 가고 있었다. 고래는 이제 본선 옆을 스치다시피 지나쳐 갔다. 본선은 좀 전까지 정반대 방향에서 고래를 향해 다가오고 있다가 잠시 멈춰 서 있는 상태였다. 고래는 전속력으로 헤엄치며 이제는 자기 갈 길로 똑바로 가는 데 전념하는 것 같았다. "오, 에이해브!" 스타벅이 소리쳤다. "오늘이 사흘째지만 지금도 늦지 않았습니다. 보십시오! 모비딕은 당신을 쫓고 있지 않습니다. 미친 듯이 고래를 쫓고 있는 것은 당신입니다!"

–《모비딕》, 허먼 멜빌 지음, 이종인 옮김, 현대지성, 2022, 135장

◇ 자신의 생각과 느낌을 자유롭게 적어봐도 좋고
주어진 질문에 하나씩 답해보아도 좋습니다.

1 한 줄 글쓰기

필사 후 드는 자신의 생각과 느낌, 질문을 자유롭게 적어봅시다.

2 도움 질문

다음 질문에 대한 자신의 생각을 적어봅시다.

- 주인공이 보트에서 고래를 쫓는 이유는 무엇인가요? 그의 행동은
  어떤 의미를 담고 있을까요? 고래와 주인공의 상호작용은 어떤
  메시지를 전달하고 있을까요?

- 스타벅은 에이해브에게 "미친 듯이 고래를 쫓고 있는 것은
  당신입니다!"라고 말합니다. 여러분은 집착이나 강한 욕망이
  오히려 자신을 힘들게 했던 경험이 있나요? 그때 어떻게
  벗어났나요?

- 모비딕은 인간을 의식하지 않고 자신의 길을 가는 듯 보입니다.
  여러분은 누군가 혹은 무언가를 쫓느라 정작 자신의 삶이나
  목표를 놓친 적이 있나요? 그 경험에서 무엇을 배웠나요?

- 이 장면에서 에이해브의 집착과 스타벅의 충고는 인간의 한계와
  집념, 그리고 집착의 위험성을 보여줍니다. 여러분은 목표를 향한
  집념과 집착 사이의 경계를 어떻게 구분하나요?

3 질문 만들기

필사한 부분에 대해 자신만의 질문을 만들어봅시다.

4 모르는 단어 찾아보기

**필사한 부분에서 모르는 단어가 있다면 사전에서 찾아
그 뜻을 적어봅시다.**

"오, 고독한 삶의 고독한 죽음이여. 오, 지금 이 순간 나는 인생 최고의 슬픔 속에 최고의 위대함이 있음을 느낀다. 호, 호! 너, 저 먼 바다 끝에서 밀려온 파도여, 지나간 내 삶의 거센 파도여, 나를 죽음의 흰 봉우리 위로 더 높이 밀어 올려다오! 모든 것을 파괴하지만 정복하지는 못하는 고래여, 나는 너를 향해 나아간다. 나는 끝까지 너와 맞붙어 싸우고, 지옥의 한복판에서 너를 찌르고, 증오가 담긴 내 마지막 숨을 네게 뱉을 것이다. 모든 관과 관대를 한 웅덩이에 가라앉혀라! 하지만 어떤 관도 어떤 관 받침대도 결코 내 것일 수 없기에 나는 네놈에게 묶여서 갈가리 찢겨 나가더라도 여전히 너를 추격할 것이다. 이 빌어먹을 고래야! 그러니 나는 창을 던지지 않는다."

– 《모비딕》, 허먼 멜빌 지음, 이종인 옮김, 현대지성, 2022, 135장

◇ 문장을 그대로 베껴 써봅시다.

◇ 자신의 생각과 느낌을 자유롭게 적어봐도 좋고
주어진 질문에 하나씩 답해보아도 좋습니다.

1 한 줄 글쓰기

필사 후 드는 자신의 생각과 느낌, 질문을 자유롭게 적어봅시다.

2 도움 질문

다음 질문에 대한 자신의 생각을 적어봅시다.

- 주인공은 왜 고래를 추격하고자 하는 걸까요? 그의 목표는
  무엇인가요? 이를 통해 어떤 메시지를 전달하고자 할까요?

- 에이해브는 "모든 것을 파괴하지만 정복하지는 못하는 고래"를
  끝까지 추격하겠다고 다짐합니다. 여러분에게도 포기할 수 없었던
  목표나 집착했던 대상이 있었나요? 그 집착이 삶에 어떤 영향을
  주었는지 이야기해보세요.

- 이 작품에서 '고래'는 어떤 의미를 가지고 있을까요?

3 질문 만들기

필사한 부분에 대해 자신만의 질문을 만들어봅시다.

4 모르는 단어 찾아보기

필사한 부분에서 모르는 단어가 있다면 사전에서 찾아
그 뜻을 적어봅시다.